인간은 죽지 않는다

Humans do not die

남지심

인간은 죽지 않는다

2*1

작가의 말 *prologue*

신작
『인간은 죽지 않는다』를
펴내면서…

생명의 끝은 죽음이다.
생명은 유한하므로 생명의 끝자락엔 반드시 죽음이 연결된다.
여기에서 예외인 생명은 없다.
생명은 현상계에서 무엇이든 할 수 있는 특권을 선물 받은 것이고, 죽음은 선물 받은 그 특권을 박탈당하는 것이다. 여기에서도 예외인 생명은 없다.
나는 지금 생명을 가진 존재로 현상계에서 살고 있다. 죽음 역시 내 생명 끝자락에 바짝 붙어서서 한발 한발 다가오고 있다.
나는 지금 내 앞에 펼쳐진 삶을 어떻게 이해해야 할까? 그리고 그 모든 것을 거두어 가는 죽음은 또한 어떻게 이해해야 할까?

위의 명제는 인류가 풀어야 할 근원적인 과제였다. 이 과제를 풀기 위해 철학이 등장하고 인접 학문이 등장하고 예술도 등장했다. 종교도 역시 마찬가지였다. 위에 열거한 것 중에서 가장 포괄적이고 근원적인 진리에 접근한 것은 역시 종교라고 본다. 인류의 스승인 성인이 등장해 생명이 펼치는 전 과정을 설명하고, 그 설명을 듣고 많은 사람이 믿고 따름으로써 종교가 탄생했다. 그리고 철학과 인접 학문이 삶의 문제를 다루었다면 종교는 삶과 죽음을 동시에 다뤘다. 죽음에 대해 명쾌한 답을 제시한 분야는 종교밖에 없다.

생명을 가지고 현상계에서 살아가는 우린 육신을 벗어난 죽음 이후의 세계를 볼 수도 없고 증명할 수도 없다. 종교가 설명하는 죽음 이후의 세계도 역시 마찬가지다. 그래서 그것을 받아들이고 믿는 것은 주관적일 수밖에 없다. 지상에 다양한 종교가 현존해 있는 것도 그래서이고, 다양한 종교가 제시한 종교의 교리를 이해하는 것도 그래서이다.

나는 불교 신자로 살아왔다. 그것 역시 내 주관의 선택이다. 젊은 시절 긴긴 방황 끝에 불교를 만난 나는 내 안에서 소용돌이치는 갈망을 토해내고 싶었다. 그 출구가 소설이었다.

30대 중반에 처음 『솔바람 물결 소리』를 써서 작가가 되었다. 그리고 3년 후 후편에 해당하는 『연꽃을 피운 돌』을 펴냈다. 이때는 내가 찾던 인생에 대한 해답이 불교 안에 있음을 확인하고 짝사랑하는 연인을 바라보듯 불교의 담 밖에서 불교 안을 기웃거리던 때였다. 두 책 다 독자들의 사랑을 받아 『솔바람 물결 소리』는 43쇄, 『연꽃을 피운 돌』은 38쇄를 찍어 불교 담 안으로 나를 들어가게 했다. 『솔바람 물결 소리』는 캐나다에 있는 교포 신문에 연재돼 캐나다 리자이나 대학교 비교 종교학 오강남 교수가 번역해 2023년에 캐나다에 있는 출판사에서 출판되었다.

불교 안으로 들어온 나는 40대 중반부터 시작해 『우담바라 전 4권』을 펴냈다. 이 책 역시 독자들의 열렬한 사랑을 받아 158쇄를 찍는 기록을 세웠다. 돌이켜 보면 과분한 사랑을 받았다는 생각이 들어 독자 한 분 한 분한테 감사한 마음을 전하고 싶다. 『우담바라』를 통해 하고 싶은 얘기를 다 했다고 생각한 나는 소설 쓰는 일을 멈추고 인물 평전 등 다른 글을 써오며 인생의 중후반기를 보냈다.

그러다 70대 중반에 들어 죽음의 문제를 다뤄보고 싶다는 생각을 하게 됐다. 죽음은 삶의 끝자락에 매달려 있는 또 하나의 나의 삶이다. 불교 신자인 나는 윤회의 개념을 받아들이기 때문에 죽음 이후의 세계를 꼭 그려보고 싶은 갈망 속에서 『인간은 죽지 않는다 1,2권』을 썼다. 이 책 역시 불교 생명관을 바탕으로 해서 사후세계를 그린 나의 주관적 사후관이다. 쓸 때는 막연했는데 쓰고 나니 죽음 이후의 세계를 설명하라고 한다면 내가 이해하고 있는 영계(靈界)를 설명할 수 있을 것 같은 자신감까지 생겨났다.

불교는 현상계를 우주 근원의 진리, 불교식으로 표현하면 진여의 세계를 드러낸 표리일체의 관계로 보고 있다. 우리의 영혼, 혹은 마음이 우주의 근원적인 진리를 내포하고 있다 하지만 인간인 우리가 쓰는 마음은 자기애(自己愛)에 갇힌 탐심(貪心) 진심(嗔心) 치심(痴心)이므로 고통의 세계다. 이 세계를 중생계라고 한다. 평범한 사람들이 사는 인간의 세계다. 자기애에 갇혀 있긴 하지만 우리의 근본 마음은 우주 근원을 담고 있으므로, 내 안에서 나를 가두고 있는 자기애(自己愛)를 벗겨내면 우주의 근원과 일치하는 대 자유인, 성인이 될 수 있다.
이 세계에서 중생구제의 원력을 세우고 등장하는 분들이 불교에서 말하는 보살(菩薩)이다.
보살은 원생의 삶을 사는 분들이므로 그들이 펼치는 세계는 원력의 세계, 즉 원생이다. 지금까지 모든 문학작품이 중생의 세계인 업생(業生)을 그린 것이라면 『인간은 죽지 않는다 2권』에선 원력 보살들이 환생해서 현실 속에서 원력을 펼쳐가는 원생(願生)을 그리고 있다.

장영우(동국대문예창작과명예교수. 문학평론가)는 이렇게 말한다.

"남지심의 신작소설 『인간은 죽지 않는다』는 제목과 내용 모두 소설에 대한 우리의 일반적 상식을 충격한다. 이 소설은 현실 세계의 욕망과 갈등, 혹은 인간 내면의 선악을 파헤치는 일상적 이야기 차원을 벗어나, 우리의 체험과 인식 밖에 있는 사후세계를 마치 '현실처럼' 약여(躍如)하고 핍진(逼眞)하게 다룬다. 한 여성의 임종 순간 이후 머무르게 되는 중유(中有)의 세계, 그 중유(中有)의 세계에서 정신적 진화를 거쳐 현실 세계로 다시 환생하기까지의 얘기를 그린(1권), 환생 후 법운사와 예경원을 중심으로 한 '생명의 실상' 공동체 활동을 그린(2권 1,2) 『인간은 죽지 않는다』의 서사는 인간의 정신적 수행 및 이타적 실천을 주제로 한 작품으로 불교의 윤회와 보현행원 사상을 근간으로 한다. 그런 의미에서 『인간은 죽지 않는다』의 장르적 성격은 이야기로 풀어낸 화엄경 '십지품'의 변상도라 명명해도 크게 지나치지 않을 것이다."

『인간은 죽지 않는다』는 불교적 사유, 보다 구체적으로 말해 연기 윤회적 관점에서 인간의 죽음과 생명의 실상을 탐구한 소설이다. 이 소설은 인간의 죽음과 그 이후의 상황을 직접 다루었다는 점에서 소설의 신기원을 이룰 뿐 아니라, 남북 분단 이후 갈수록 첨예화 극단화하고 있는 한민족의 분열과 갈등 등 민감

한 현실 문제의 해결책을 제시하고 있다는 점에서 더욱 주목할 만하다.

『인간은 죽지 않는다』가 사후세계(死後世界)를 다룬 소설로도, 업생(業生)이 아닌 원생(願生)을 다룬 소설로도 국내외(國內外)에서 그 유례를 찾을 수 없다 하니 불교문학을 해 온 작가로서 한 획을 그었다는 자부심이 느껴진다.

이제부터는 독자들의 몫이다. 금생에서 나의 마지막 소설이 될 『인간은 죽지 않는다 1,2권』이 독자들의 가슴에 어떻게 투사될지 경건한 마음으로 기다려본다.

2025년 2월 4일 아침

화곡동 나의 작은 서재에서
남지심 씀

목차

004　　작가의 말

012　　제1장　　떠오르는 별들
040　　제2장　　당신이 있어 제가 행복합니다
082　　제3장　　마음이 너무 아파요
118　　제4장　　생명의 실상, 법석을 차리다
　　　　　　　　_10지품 전단계

146	제5장	내가 지금 백일몽(白日夢)을 꾸고 있나?
163	제6장	생명의 실상, 법석을 차리다
		_1. 환희지
186	제7장	죽음의 이해, 삶의 이해
214	제8장	생명의 실상, 법석을 차리다
		_2. 이구지

1
떠오르는 별들

〈세계일화(世界一花)〉 문학상에 당선된 작품 『마음의 여백』을 읽고 난 노의근 기자는 책장을 접으며 허공을 응시했다. 새로 도색한 이정표를 바라보고 있는 느낌, 그 작품을 쓴 작가가 대학생이라는 사실에 놀라움을 금할 수 없었다. 노 기자는 『마음의 여백』을 펴낸 출판사에 전화를 해 작가와 인터뷰를 하고 싶다는 뜻을 밝혔다. 그리고 책상을 정리하고 밖으로 나왔다. 박광효 총장과의 약속 시간을 지키려면 서둘러야 했다. 책을 끝까지 읽지 않고 나왔으면 여유가 있었을 텐데 노 기자는 그러지 못했다. 마지막 장을 읽지 않고는 책을 접을 수 없었다.

서둘러 D 대학에 도착한 노 기자는 급히 총장실로 들어가면서 시계를 봤다. 1분이 늦어 있었다. 노 기자는 안도하면서 총장실 문을 열었다. 이왕이면 1분 빨리 왔으면 좋았을 텐데 하는 생각을 하면서. 노 기자가 들어가자 비서가 자리에서 일어나며 미소를 지었다. 약속 시간이 잡혀 있었기 때문에 비서는 자연스럽게 내방객을 안내했다.

"어서 와요."

노 기자가 비서의 안내를 받으며 안으로 들어가자 박 총장이 자리에서 일어나며 노 기자를 맞았다.

"오늘은 조금 한가해 보이십니다."

노 기자가 목례를 하며 자리에 앉았다.

"결재 시간이 막 지나서. 기자 입에서 한가해 보인다는 말을 들으니 기분이 좀 이상하군. 내가 한가해 보이는가?"

"네, 방으로 들어오면서 총장님 표정을 보니 엷게 미소를 짓고 계시던데요. 대기실에서 목을 빼고 기다리는 사람들도 없고요."

"하하하. 내가 엷게 미소를 지었다고? 사람의 마음은 역시 속일 수가 없군."

박 총장이 유쾌하게 웃었다.

"그렇게 말씀하시니 총장님을 미소 짓게 한 마음이 궁금하군요."

노 기자도 얼굴에 웃음을 가득 담고 쳐다봤다.

"외손녀 이름을 짓고 있었어. 며칠 전에 지었는데 마지막 점검을 하고 주려고. 그래서 가지고 나왔지."

"따님이 벌써 따님을 낳았습니까? 식장에 갔다 온 지 얼마 되지 않은 것 같은데요."

"그동안 정확히 11달이 흘러갔어."

"시간의 속도가 빛의 속도보다 빠르다는 말이 맞는 거 같습니다. 특히 저희 같은 기자들한테는요."

"그럴 수 있겠지. 사람마다 쓰는 시간의 속도가 다르니까."

그때 비서가 준비한 차를 들고 와 두 사람 앞에 놓아 주었다.

"총장님 성함 끝 글자가 원효스님하고 같은 자군요. 총장님이 작명을 하셨다는 말을 듣고 나서인지 비로소 총장님 함자가 눈에 들어옵니다."

노 기자가 책상에 놓인 명패를 보며 웃었다.

"효(曉)자는 원효스님하고 같은 새벽 효 자야. 불타가 지혜의 광명을 비추어 중생의 무지를 없애주는 것이 마치 새벽빛이 암흑을 쫓아 버리는 것과 같다 해서 광효(光曉)라는 이름을 지으셨다고 하더군. 조부님이."

"조부님은 불교 신자셨던가 보군요."

"독실한 불교 신자셨지. 새벽마다 향을 피워 놓고 독경을 하셨으니까."

"이름은 중요한 거 같습니다. 조부님이 지어 주신 이름대로 총장님이 살고 계신 걸 보면요."

"무관하진 않겠지. 말엔 변화의 에너지가 실려 있으니까."

"저도 지금 하신 말씀에 공감합니다. 말 안엔 분명히 사물을 변화시키는 에너지가 실려 있는 거 같습니다. 꽃도 계속 악담을 들으면 시들시들 시들어서 죽는다고 하지 않습니까?"

"그런 말이 있지. 오늘 나를 찾아온 용무가 뭔가. 좀 있으면 다른 사람들이 올 텐데."

"지난번에 말씀하신 세미나에 대해서 미리 좀 취재를 하려고요. 주제가 흥미로워 계속 관심을 가지고 있었습니다."

"그 이후로 진전을 보지 못해 답변할 말이 없네. 아직은 기획을 단단히 해야겠다는 생각만 가지고 있어."

"기획이 단단해지면 저한테 미리 연락을 주십시오. 기자의 생명은 한발 앞서는 거니까요."

"총장의 생명은 공평함이네. 그 대신 내가 선물을 하나 주지. 이번 토요일 강릉 법운사에 가서 1박 할 예정인데 시간이 되면 그리로 오게."

"그러겠습니다. 아 참, 제가 여대생을 데려가도 되겠습니까? 그러고 싶은 여대생이 있어서요."

"애인인가?"

"아닙니다. 아직 얼굴도 보지 못했습니다."

"얼굴도 보지 못한 여대생을 데려오다니?"

"소설을 쓰는 여대생인데 작품 주제가 총장님이 기획하고 계신 세미나 주제하고 비슷하다는 생각이 들어서요."

"흥미롭군. 가능한 한 같이 오도록 해 보게."

"그러려면 인터뷰를 서둘러야겠군요. 노력해 보겠습니다."

노 기자는 기분 좋은 웃음을 지으며 자리에서 일어났다. 박 총장도 노 기자와 같은 미소를 지으며 문밖까지 나와 배웅했다. 기분 좋은 만남, 두 사람은 그런 만남을 이어오는 사이였다.

"반갑습니다. J 방송 노의근 기잡니다."

노 기자는 명함을 건네며 앞에 앉은 여대생을 바라봤다.

"송혜륜입니다."

여대생이 가볍게 고개를 숙이며 인사했다.

"송혜륜은 한자식 표긴데 무슨 글자를 쓰십니까? 제가 요즈음 작명에 관심이 좀 있어서요."

노 기자가 웃으며 쳐다보자

"송(宋)은 나라 송이고, 혜(慧)는 지혜 혜고, 륜(輪)은 수레바퀴 륜이에요."

여대생이 미소를 지으며 답했다.

"그러니까 지혜의 수레바퀴를 굴린다는 뜻이군요."

"그러라고 부모님이 지어 주셨어요."

"역시 이름은 중요한 의미를 지니는 거 같군요. 혜륜 씨가 소설을 쓰는 걸 보면요."

"그런데 기자님은 왜 이름에 관심을 가지고 계세요?"

"며칠 전 총장님과 얘기를 나누다 이름에 관심을 가지게 됐습니다. 이름 얘긴 그만하고 본론으로 들어가죠. 혜륜 씨 작품을 읽어 보니 마음에 여백 만드는 일을 중요하게 여기고 있던데 마음의 여백을 동양화의 여백과 같은 것이라고 이해해도 됩니까?"

"틀린 건 아닌 거 같네요."

"그럼 맞는 걸로 이해하겠습니다. 혜륜 씨는 어떻게 마음에 여백 만드는 일을 중요시하게 되었습니까?"

"부모님이 살아가시는 모습을 보면서 그런 생각을 하게 됐어요."

"부모님은 무슨 일을 하고 계시는데요?"

"두 분 다 고등학교 교사예요. 같은 학교 교사로 있으면서 만났다고 하는데 두 분은 결혼 후 한 분의 월급만으로 살아오셨어요. 다른 교사 가족들처럼요. 한 분의 교사 월급으로 살아가는 가족들도 많잖아요. 그리고 한 분의 월급은 그때그때 필요하다고 느끼는 일에 쓰셨어요. 모았다가 목돈으로 쓸 때도 있었지만 당신들 자신을 위해서는 쓰지 않았어요. 소비를 최소한으로 하고 항상 검소하게 사셨죠. 저는 지금까지 부모님이 휴지 한 장도 헤프게 쓰는 걸 못 봤어요. 그러면서도 두 분은 누구 못지않게 풍요를 느끼며 살아오셨어요. 두 분은 좋은 책을 읽으면 서로 읽으라고 권하고 그 책 내용에 대해 토론하셨어요. 제가 어려서부터 지금까지 가장 많이 보아 온 부모님 모습이에요. 지금은 저도 그 토론에 같이 끼지만요. 그리고 가까운 공원이나 산 같은 데를 같이 다니시면서 자연이 주는 아름다움을 최대한 누리세요. 가끔은 차를 타고 바다나 강을 보러 가기도 하시고요. 저는 어려서부터 두 분 곁에 같이 끼어서 다녔는데 어머니나 아버님은 서로 시를 읽어 주기도 하고 노래를 불러 주기도 하셨어요. 어머니는 노래를 잘하시는 편이 아니지만 아버지는 노래를 아주 잘하세요. 그래서 주로 아버지가 어머니를 위해 노래를 부르셨어요. 어려서는 모든 사람이 다 그렇게 사는 줄 알았어요. 그런데 커서 보니 제 부모님이 영위해 오고 계신 삶은 아주 특이했어요. 저는 그게 어디서 오는 걸까? 하고 관심을 가지게 됐었죠. 그러면서 저는 부모님이 물욕 명예욕 같은 걸 가지지 않으려고 노력하는 데서 오는 여백이라는 걸 알게 됐어요. 부모님은 세상 사람들이 추구하는 욕망을 가능한 한 줄이면서 스스로 마음 안에 여백을 만들어 가고 계셨어요. 그리고 그 여백 안에 평화로움과 행복을 담으신 거죠."

혜륜은 낮은 소리로 말했지만 그녀 목소리에는 부모님에

대한 존경심, 그런 부모님을 둔 자부심이 짙게 배어 있었다.

"감동적이군요. 세상에 그런 분들이 살고 계신다는 게요."

노 기자는 진심을 담아 말하면서 잠시 혜륜을 쳐다봤다. 그러던 그는 다시 이렇게 질문했다.

"그런 인생관을 가지고 살아오셨다면 그 인생관을 좀 더 확대했으면 좋았을 텐데요. 교장이나 장학사 같은 직책을 맡아서요."

"장학사는 가까이서 본 일이 없어 모르지만 교장이 그랬다면 조롱거리나 퇴출감이 됐을 거예요. 수업 시간에 선생님이 인생의 본보기가 되는 말씀을 하시면 학생들은 아예 그 시간에 졸거나 입시에 도움이 안 되는 말로 시간 낭비하지 말라고 항의해요. 입시에 도움이 되지 않으면 모든 건 다 무의미한 것으로 받아들이고 있거든요."

"하하! 그런가요. 하마터면 부모님을 교단에 서지도 못하게 할 뻔했군요."

노 기자는 취재를 다 마친 듯한 편안한 표정을 짓더니 이런 제안을 했다.

"이번 주말에 시간이 되시면 저하고 강릉에 같이 갔으면 좋겠습니다. 제가 좋아하는 분들이 모이는 곳인데 아까 말씀드렸던 총장님도 오십니다."

"강릉 어딘데요?"

"법운사란 절입니다. 이 세상에 그런 공간이 있다는 사실 자체에 위안을 받게 되죠."

혜륜은 잠시 생각에 잠기더니 강한 의지를 담으며 말했다.

"가고 싶어요. 저도 데려가 주세요."

혜륜의 표정 속엔 노 기자에 대한 신뢰가 깔려 있었다.

"자넨 요즈음 무슨 책을 읽는가?"

향산이 찻잔을 들며 물었다.

"율곡 선생님의 향약에 관심을 가지고 그쪽 자료들을 보고 있네."

원해가 들고 있던 찻잔을 놓으며 답했다.

"향약, 그게 뭔데?"

"화민성속(化民成俗)을 목적으로 만들어진 규약이네. 지금으로 말하면 공동체의 규약 같은 것이지."

"화민성속이 무슨 뜻인데?"

"화민성속은 백성들을 교화하여 선량한 질서를 만들고자 함이네. 율곡 선생은 향민을 근본으로 하지 않는 향약은 향약 본래의 취지를 지닐 수 없다고 보셨지. 그래서 율곡 선생은 향약을 지역의 특성에 맞게 규약해서 실시했으며, 향약의 4대 덕목을 정해 향민들로 하여금 실천하게 했네."

"좀 더 설명을 해 보게. 그러니까 향약의 4대 덕목은 어떤 것인가?"

"첫째는 서로에게 착한 일을 하도록 권하고, 두 번째는 잘못된 일을 하면 서로 고쳐 주고, 세 번째는 서로 바른 예절을 지키며 사귀고, 네 번째는 어려운 일을 당하면 서로 돕는 것일세. 이 일을 마을 안에 사는 모든 사람, 양반 일반 양민 천민들까지 똑같은 자격으로 구성원이 되어 실천해 가게 했네."

"율곡이라면 조선 중기, 그러니까 16세기에 살았던 분 아닌가? 그때 그런 규약을 만들어 실천하게 했다고?"

"향약은 그 이전에도 있었네. 주자향약도 있었고 고려를 창건한 왕건도 향약을 펼치려 했지. 그리고 조선조 초창기에도 향약 운동이 있었네. 하지만 율곡처럼 사회개혁을 가능하게 하는 현실 인식과 개혁의 논리가 내포된 향약은 일찍이 없었네. 한 가지 예를 들면 율곡이 청주 목사로 있을 때 서원향약을 만들었네. 서원은 청주의 옛 지명이네. 서원향약에 보면 성리학적 유교 윤리와 질서를 강조하고 있지만 어려운 일을 당했을 때 서로 돕는 규율도 구체적으로 명시돼 있네.

내용을 보면 '동네에서 누가 죽으면 동네 사람들은 각자 쌀 1되, 빈 가마니 한 장씩을 낸다. 아주 빈궁하여 이를 납부하지 못하면 신역으로 대신한다.' 말하자면 노동으로 때운다는 거지. 그리고 '장례 때에는 매 호마다 1명씩 와서 일을 돕고, 장정을 보내지 않은 사람은 쌀 1되씩 낸다. 병환으로 농사를 폐기한 사람이 있으면 마을에서 각각 경작을 도와준다. 억울하게 죄를 진 것으로 처리되어 형을 받게 된 사람이 있으면 마을 사람들이 연명으로 관에 보고하여 죄명을 벗도록 한다.' 이런 거네."

"그렇다면 향약이라는 게 일종의 협동조합 같은 게 아닌가?"

"내가 지금 유의해서 고찰하는 것도 바로 그 점이네. 협동조합의 주요 이념은 상부상조가 아닌가? 서로 상부상조하여 어려움을 구제함으로써 원만한 공동체를 영위하자는 게 협동조합의 원래 취지라고 할 수 있지. 협동조합의 출발점은 1844년에 설립된 영국의 로치데일 조합을 꼽고 있네. 그런데 우리나라에서는 그 보다 약 3백 년 전에 율곡에 의해 협동조합 형태의 향약이 실시되고 있었네. 아까 말한 청주의 서원향약, 해주향약, 사창계약속, 해주일향약속 등이네. 해주향약은 율곡이 42세 때인 1577년 병조참지를 사직하고 해주 석담으로 물러 나와 있던 중, 고을 유지들과 의논하여 만든 향약이네. 이 해주향약은 서원향약보다 내용이 방대한데 이 향약 안엔 수평적으로 오륜 덕목을 실천하려 하고 있네. 사창향약은 나라의 곡식을 저장한 창고에 관한 향약이네."

"그런가? 참으로 놀랍네. 우리나라에서 16세기에 협동조합 운동이 일어났다는 게."

"나도 그 점에 관심을 기울이고 있네. 우리 민족 안에는 공동체의 DNA가 뿌리내리고 있는 거 같네."

"지금 나라 곳곳에서 벌어지고 있는 현상을 보면 공동체 의식과는 상관없는 것 같은데."

"그것 역시 방향을 잡지 못해 그렇지 공동체를 이루려는 우리 모두의 몸부림이 아니겠나?"

"방향을 잡지 못한다는 건 이끌어 줄 지도자가 없다는 말인가?"

"그렇다고 말할 수 있지. 유교 경전 중 하나인 대학의 학기에는 화민성속을 이렇게 설명했네. '합리적 사유로 말할 줄 알고 훌륭한 인재를 구할 줄 아는 사람은 명성을 얻기에는 충분하지만 대중을 움직이기에는 충분하지 않다. 현자가 있는 곳에 찾아가 고개를 숙이고 배우며 멀리 떨어져 있는 사태까지도 체찰(體察)하여 판단하는 지도자는 대중을 움직이기에는 충분하지만 백성의 삶을 변화시키기에는 충분하지 않다. 군자가 만약 백성의 삶의 양식을 변혁시켜 새로운 질서를 이루고자 한다면 배움을 통하지 아니하고는 안 된다.' 세 번째 백성의 삶의 양식을 변화시킨다는 말은 문명의 패러다임을 바꾼다는 것이네. 인식의 패러다임, 관습의 패러다임, 가치관의 패러다임을 바꾼다는 것이지. 문명의 혁명을 말하는 것이네. 그러니까 백성들로 하여금 새로운 문명의 패러다임을 바꾸게 하는 지도자는 교육을 통해 그 일을 할 수 있어야 한다는 것이네."

"확실하게 이해는 못 했지만 뭔가 가슴에 크게 와닿네. 지금 설명한 화민성속을 문자로 좀 보내 주게."

"그러지."

문자를 보내기 위해 핸드폰을 열던 원해는 밝은 표정을 지으며 말했다.

"총장실에서 문자를 보냈네. 이번 토요일에 총장님이 강릉에 있는 법운사로 가신다고 시간이 되면 그리로 오라 하시네."

"거기에 나도 끼면 안 되겠나? 편한 자리에서 총장님을 꼭 한번 뵙고 싶었는데."

"안될 게 있겠나? 같이 가세. 이번 기회에 자네도 총장님과 인사를 나누도록 하게."

"고맙네."

향산은 상기된 얼굴로 고마움을 표했다.

예경원(禮敬園) 위로 새벽안개가 엷게 깔려 있다. 상지 보살은 조그만 나무 의자에 앉아 박하 잎을 하염없이 바라보고 있다. 작은 타원형 잎새 사이로 보라색 꽃들이 피어 있다. 저 작은 잎이 그토록 맑은 청량감을 지니고 있다니! 상지 보살은 맑은 성품을 지닌 소박한 여인에게 예경 올리듯 조용히 고개를 들어 예경의 마음을 전했다.

예경원에는 3백여 종의 약초들이 자라고 있다. 약초원을 만들려고 한 것은 아니었지만 약초를 심다 보니 약초원이 되었다. 약초는 존재 자체로 다른 생명을 유익하게 한다. 상지 보살이 약초에 애정을 가지게 된 것은 그래서였다. 상지 보살은 넓은 농원에 3백여 종의 약초를 재배하고 있지만, 거기에 인위적인 힘을 가하지는 않았다. 수확을 더 하기 위해 비료를 주지 않았고 해충을 막기 위해 농약을 뿌리지도 않았다. 그리고 잡초를 제거하는 일을 한 번도 한 적이 없다. 벌레든 잡초든 살 곳을 찾아왔으면 살게 해주고 싶은 게 상지 보살의 마음이었다. 그런데도 신기하게 예경원 약초들은 스스로 건강함을 지키며 생명력을 활짝 꽃피우고 있었다.

상지 보살이 약초에 관심을 가지기 시작한 것은 그림의 소재를 약초로 바꾸면서였다. 우연한 기회에 『한약도감』을 읽게 된 상지 보살은 도감에 실려 있는 약초를 찾아 정원에

심고 그 약초를 화폭에 옮겨 그림을 그렸다. 약초는 저마다 독특한 효능을 지니고 인간의 건강을 도와준다. 처음엔 그 사실이 신기해 화폭에 옮겨 그렸는데 그 일을 오래 하다 보니 나중에는 약초의 생명과 교감을 나눌 수 있게 되었다. 약초의 효능은 증명될 수 있지만 약초의 생명은 증명되지 않는다. 생명은 비물질이므로 증명할 수 없다. 사람 역시 외모나 하는 일은 증명되지만 생명 자체는 증명되지 않는다. 비물질이기 때문이다. 그런데 어느 순간부터 비물질인 약초의 생명이 보이고 그 생명과 교감할 수 있게 되었다. 그래서 상지 보살의 화폭 위에 담긴 약초는 생명을 오롯이 담고 있다.

상지 보살은 민예경 선생님, 민예경 화백으로 불리었다. 최고의 화가 반열에 있으면서 국전 심사위원도 역임했고 예술원 회원으로도 추대되었다. 그러던 민 화백이 강릉으로 온 것은 그의 나이 60이 되어서였다. 고향으로 돌아가 온전한 자신의 삶을 살아야겠다고 마음먹고서였다. 강릉에 와서 어디에 자리를 잡을까 생각하다가 해인스님이 주석하고 계신 법운사 밑으로 정했다. 법운사 밑에 삼 만여 평의 땅을 사서 집을 짓고 약초를 심기 시작했다. 그렇게 10년 정도 지나다 보니 삼 만여 평의 땅은 약초로 가득 채워졌고 민 화백이 사는 집은 민 화백의 이름을 따 〈예경원〉으로 불렸다. 사는 집은 예경원으로 불렸지만 민 화백은 강릉으로 온 후로 자신의 이름을 사용하지 않았다. 상지 보살(常智菩薩), 해인스님이 지어준 법명을 이름으로 사용하고 주위 사람들한테도 그렇게 불러 달라고 했다. 그래서 예경원의 주인은 상지 보살이다.

 강릉으로 내려온 이후로 상지 보살은 약초만을 그렸다. 좋은 친구를 화폭에 옮기듯 자신과 깊은 교감을 나누고 있는 약초를 화폭에 그리다 보면 한없는 충만감과 희열이 느껴졌다. 자신이 느끼는 희열을 이해할 수 있는 사람이 있을까? 큰 나무는 작은 나무를 내려다볼 수 있지만 작은 나무는 큰 나무를 올려다볼 수 없다. 올려다본다 해도 부분밖에 볼 수 없어 왜곡하게 된다. 상지 보살은 해인스님이 자신을 지켜 주는 큰 나무라고 생각하고 있다. 유일하게 기댈 수 있고 보호받을 수 있는 나무, 그 나무가 해인스님이다. 그래서 상지 보살은 민 선생, 민 화백에서 자리를 옮겨 상지 보살로 살고 있다.

 안개가 걷히고 예경원에 아침 햇살이 밝게 비쳤다. 약초 위로 퍼진 햇살이 신인이 뿜어내는 광휘 같다. 상지 보살은 약초 사이를 돌며 약초 하나하나와 아침 인사를 나누고 있었다. 지극한 예경의 마음을 담아서다. 인간의 몸엔 없는 신묘한 효능을 지닌 약초가 상 근기 보살처럼 귀하게 여겨졌다.

상지 보살이 약초 사이를 돌며 아침 인사를 나누고 있을 때 수희 목소리가 들려왔다.

"보살님, 총장님 오셨어요."

상지 보살은 고개를 돌려 소리 나는 쪽을 바라보았다. 약초 뒤로 총장과 동행자 그리고 수희 모습이 보였다. 상지 보살은 약초 사이를 걸어 나와 집 쪽으로 갔다. 그러자 내방자 세 사람도 집 쪽으로 걸어왔다. 상지 보살은 마당에 서서 세 사람이 다가오기를 기다렸다. 잠시 후 마당으로 들어선 세 사람은 환한 얼굴로 인사를 했다.

"그동안 평안하셨습니까?"

총장이 먼저 고개를 숙였다. 사랑과 존경을 가득 담은 얼굴이다.

"네, 일찍 오셨네요."

"보살님과 차담을 나누고 싶어 새벽에 출발했습니다."

"고마워요. 어서 들어오세요."

상지 보살이 앞장을 서자 세 사람도 따라 들어왔다.

"앉으세요. 저희 집에 처음 오신 분 같은데."

상지 보살이 동행자를 보며 물었다.

"네. 처음 왔습니다. 저는 손지운이라고 합니다."

"지운은 가장 뛰어난 소리를 뜻하는데 혹시 음악을 하시는가요?"

"성악을 하고 있습니다."

"저희 학교에 새로 오신 음대 교수십니다."

옆에서 총장이 거들었다.

"아, 그래요. 잘 오셨습니다."

"지운이 가장 뛰어난 소리라는 말은 오늘 처음 알았습니다. 무슨 자를 쓰는가요?"

총장이 관심을 나타내며 물었다.

"이를 지(至), 음 운(韻) 입니다."

"至韻, 지운이 가장 뛰어난 소리라는 건 무얼 의미하는 건가요?"

총장이 상지 보살 쪽으로 고개를 돌렸다.

"부처님이 설법하실 때의 소리를 지운이라고 해요. 가장 뛰어난 음성이라는 뜻이죠."

그때 수희가 준비한 차를 들고 와 세 사람 앞에 놓아 주었다.

"여기 차는 다 약찹니다. 들어요."

총장이 찻잔을 들며 손 교수를 바라봤다.

"감사합니다."

차를 마시는 네 사람은 행복한 미소를 짓고 있다. 상지 보살, 박 총장, 손 교수, 한수희, 모두 다.

"약초들의 생명과 교감하는 일이 어떻게 가능하십니까?"

총장이 벽에 걸린 그림을 잠시 바라보다가 물었다.

"예경하는 마음으로요. 생명에 대한 공경심, 그 마음이 교감의 다리를 놓고 있어요."

"그 마음은 사람에게만 향하는 것이 아니군요."

"그렇지요. 존재하는 모든 것 안에는 생명이 있으니까요. 광물까지도요."

"현대물리학에선 쿼크와 렙톤을 물질의 기본 입자로 보고 있으니 광물이 생명을 지니고 있다는 말씀도 맞는 거 같습니다."

"쿼크와 렙톤은 물질을 이루는 기본 입자이긴 하지만 생명은 아니라고 봐요. 생명은 비물질이니까요."

"저도 물질이 생명에 스며 있긴 하지만 생명 자체는 아니라고 생각합니다."

"과학으론 생명의 신비를 풀 수 없어요. 과학은 물질을 다루는 학문이니까요."

대화는 물질과 비물질로 이어지다가 생명의 신비, 생명의 오묘함, 생명의 불가사의로 다시 이어졌다. 그러다가 인간의 생명으로 안착되었다.

"인간 세상은 물질로도 수많은 편차가 있지만, 정신으로도 수많은 편차가 있다고 생각해요."

"이 편차는 어디서 오는 건가요?"

수희가 질문했다.

"저는 노력에서 온다고 봅니다. 제가 말하는 노력은 눈에 보이는 금생의 노력만을 말하는 건 아닙니다."

손 교수가 답했다. 노력이라는 말을 듣고 상지 보살과 총장이 진지한 표정을 지었다. 잠시 침묵이 흘렀을 때 수희가 다시 질문했다.

"노력은 능력을 기른다는 뜻으로 해석해도 되나요?"

질문을 받은 손 교수가 생각에 잠기다가 답했다.

"넓은 의미로는 그렇게 해석해도 될 거 같습니다. 심성을 쓰는 것도 능력의 차이에서 오니까요."

"그러니까 사람은 심성을 잘 쓰는 능력을 기르기 위해서도 노력해야 한다는 뜻이 되겠네요."

"당연히 그렇게 해야 한다고 생각합니다."

"심성을 잘 쓰는 능력이란 구체적으로 무엇을 말하는 것인가요?"

"자신의 인격을 완성해 가고 타인이 인격을 완성해 가도록 돕는 거, 그게 심성을 잘 쓰는 능력 아닐까요?"

"그러니까 결국 불교에서 말하는 보살을 의미하는 거군요."

"저는 그렇다고 생각합니다."

두 사람의 대화를 듣고 있던 총장이 입을 열었다.

"심성을 잘 쓰는 능력자를 불교에서는 보살이라 하고, 유교에서는 군자라 하고, 가톨릭에서는 성인이라 하지요. 깊이 들어가면 조금씩 차이는 있습니다만."

총장의 말을 듣고 난 수희가 눈을 반짝이며 청했다.

"총장님, 보살과 군자와 성인에 대해 다시 한 번 설명해 주세요. 보살과 군자와 성인을 알면 불교와 유교와 기독교를 아는 데 도움이 될 거 같아요."

"불교와 유교와 기독교는 2천 년 이상 지상에 머물면서 인류의 정신문화를 구축해 왔습니다. 장대한 시간 동안 인류에게 영향을 미친 대표적인 종교이기 때문에 이 자리에서 간단히 설명할 수 없지요. 하지만 질문을 받았으니 보살과 군자와 성인에 대해 개념만 말하겠습니다."

보살은 대승불교에서 말하는 가장 이상적인 인물이다. 대승은 큰 수레라는 뜻으로 모든 생명을 수레에 태워 피안의 세계로 나른다는 뜻인데 이 일을 하는 주인공이 보살이다. 그러므로 보살은 자신만이 깨달아 피안의 세계에 머무는 것은 무의미하게 받아들인다. 일체 생명을 구원하겠다는 뜻을 세운 보살은 윤회를 거듭하면서 생명을 구원하는 일에 신명을 바친다. 그 노력으로 인해 보살 자신도 스스로 완성을 거듭해 가면서 마침내 부처의 경지에 오른다. 일체중생을 구원해 열반의 세계에 머물게 하는 일은 끝이 없으므로 보살의 원력도 끝없이 이어진다.

유교에서의 군자는 인(仁), 의(義), 예(禮), 지(智), 신(信)의 덕을 갖춘 인격자를 말한다. 인은 어질고 자애로운 성품을, 의는 옳고 바른 성품을, 예는 예절과 법도를 지키는 성품을, 지는 슬기롭고 지혜로운 성품을, 신은 진실해서 믿음을 주는 성품을 말한다. 유교에서는 이런 다섯 가지의 덕성을 갖춰 인격자로 추앙받는 사람을 군자라 한다. 이 다섯 가지의 덕성을 원만히 갖추기 위해 노력하는 과정을 수신제가라 하는데 선비가 수신제가(修身齊家)하기 위해 노력하는 것은 치국평천하(治國平天下)를 하기 위해서다. 다시 말하면 나라를 잘 통치해 세상을 편안케 하는 데 그 목적이 맞춰져 있다. 이렇게 오덕을 갖춘 통치자를 길러내기 위해서는 교육이 중요하다고 여겼기 때문에 우리나라에서는 일찍이 향교나 서원 성균관 같은 교육기관을 곳곳에 세웠다.

기독교에서는 모범적으로 살았거나, 영적으로 살았거나, 순교한 사람을 성인이라 한다. 기독교 중에서 로마 가톨릭교회, 동방 정교회, 성공회, 오리엔트 정교회 등에서는 성인 공경을 중요시하지만 개신교에서는 그렇지 않다. 로마 가톨릭교회에서 말하는 성인은 생존 시에 영웅적인 덕행으로 모든 신자의 모범이 되어 로마 가톨릭교회가 성인으로 선포한 사람, 또는 〈성인록〉에 올라 있는 사람이다. 교황이 특정 인물을 성인으로 선포하는 것을 시성이라 하는데, 성인이 된 사람은 하늘나라에서 영광스러운 자리에 올라 있으므로 전 세계 모든 사람은 그 성인에게 대신 간구해 줄 것을 요청해도 된다고 생각한다. 하나님께 구원을 청하는 일을 대신해 줄 수 있다고 믿는 것이다. 성인은 순교자도 포함되므로 우리나라에서도 천주교 박해로 순교한 103명이 1984년 5월 6일 여의도 광장에서 교황 바오로 2세에 의해 성인으로 추대되었다.

총장은 보살과 군자 그리고 성인에 대해 간략히 설명한 후 이런 말을 했다.

"내가 꿈꾸는 세상은 대한민국 국민의 반 이상이 성인이 되는 세상입니다. 그런 세상을 만들기 위해 신명을 바치고 싶습니다. 성인까지는 이르지 못했다 해도 그 가치를 인정하고 그쪽으로 나가려고 노력하는 사람들이 모여 사는 세상, 대한민국이 그런 나라가 되게 하는 게 제 염원입니다."

총장 얼굴에 광채가 돌았다. 떠오르는 아침 해를 보고 있는 것 같은 장엄함이 느껴졌다. 상지 보살은 그런 총장 얼굴을 유심히 바라보다가 말했다.

"하세요. 총장님은 하실 수 있어요."

상지 보살 목소리는 강한 힘이 배어 있었다.

"고맙습니다. 보살님한테 그 말씀을 듣고 싶어 새벽에 집을 나섰습니다."

"총장님 주변에는 그 일을 하기 위해 많은 사람이 모여 있어요. 여기 있는 우리 네 사람도 마찬가지고요."

네 사람은 서로 시선을 교환했다. 그 시선은 떨리고 있었다.

"성인이라면 가톨릭의 성인을 말하는 건가요?"

손 교수가 질문했다.

"보살도 군자도 다 성인을 지칭하는 말입니다. 다 성인을 지칭하긴 하지만 그 안엔 약간의 차이가 있습니다. 불교는 진리를 깨달아 부처가 되고자 하는 데 교리가 맞춰져 있습니다. 그래서 진리를 깨달은 사람을 성인이라 합니다. 하지만 진리를 깨달았다 해도 부처가 된 건 아니지요. 진리를 깨닫고 다시 끝없는 보살행을 함으로써 마침내 지혜와 자비를 자유자재로 구사할 수 있는 부처가 되는 것이지요. 불교는 그 일을 한 생 안에서 할 수 없다고 보기 때문에 윤회의 개념을 받아들이고 있습니다.

유교는 지극히 현세적인 종교입니다. 어떻게 하면 세상을 잘 다스려 백성들을 유복하고 평안하게 살 수 있게 해 주는가에 맞춰져 있지요. 후대에 오면서 성리학이나 양명학이 발달해 유교 본래의 취지와는 많이 달라졌습니다만 유교의 본질은 치국평천하에 맞춰져 있습니다. 치국평천하를 하려면 통치하는 사람이 인격을 갖춰야 하므로 교육을 통해 인, 의, 예, 지, 신을 갖춘 군자를 길러내려 하지요. 수신제가를 먼저 해서 치국평천하를 하게 하려는 것입니다.

그리고 가톨릭은 하나님의 은총에 의해서든 자신의 노력에 의해서든 타의 모범이 되는 영적인 삶을 산 사람, 그리고 가톨릭 교단을 위해 순교한 사람을 성인이라 합니다. 성인은 하나님 나라에서 높고 영광스러운 자리에 올라 있으므로 인간의 구원을 대신 하나님께 청원드릴 수 있다고 믿고 있지요. 세 종교 다 약간의 차이는 있지만 범속함을 벗어났다는 의미에서 성인의 개념은 같다고 봅니다."

"설명을 다시 듣고 나니 이해가 훨씬 더 깊어집니다. 아까 보살님은 저도 총장님이 하시는 일에 참여할 수 있다고 하셨는데 제가 할 수 있는 건 노래밖에 없습니다. 노래로 사람들의 심혼을 일깨워 주고자 하는 서원은 늘 세워 왔습니다. 말이 나온 김에 제가 이 자리에서 노래를 한번 불러 보겠습니다. 제 노래를 듣고 그 일을 할 수 있는 자격이 있는지 판단해 주십시오."

손 교수가 시험장에 나온 학생처럼 상기된 얼굴로 말했다.

"좋습니다. 한 곡 불러 주십시오."

총장이 미소를 지으며 청했다. 그러자 손 교수는 마치 무대를 만들 듯 뒤로 물러나 세 사람과 공간을 만들더니 자세를 바로 하며 노래를 부르기 시작했다.

꽃잎은 하염없이 바람에 지고
만날 날은 아득타 기약이 없네
무어라 맘과 맘은 맺지 못하고
한갓되이 풀잎만 맺으려는가
한갓되이 풀잎만 맺으려는가

바람에 꽃이 지니 세월은 덧없어
만날 날은 뜬구름 기약이 없네
무어라 맘과 맘은 맺지 못하고
한갓되이 풀잎만 맺으려는가
한갓되이 풀잎만 맺으려는가

    손 교수가 노래를 마치고 자리에 앉았다. 하지만 깊은 감동에 젖은 세 사람은 아무도 입을 열지 못했다. 그렇게 잠시 시간이 흘러갔을 때 상지 보살이 말했다.
    "교수님, 고독의 강을 잘 건너세요. 다치지 마시고요."
    상지 보살의 말을 들은 총장은 어리둥절해하며 손 교수를 쳐다봤다. 그러던 총장은 당황하며 손 교수 얼굴 위에 시선을 고정했다. 손 교수 두 눈에 눈물이 가득 고여 있어서였다.
    "비로소 제 고독을 이해받았다는 느낌이 듭니다."
    손 교수가 상지 보살을 향해 고개를 숙였다.

총장은 손 교수와 상지 보살 사이에 교감의 다리가 놓였음을 알았다.
'공경하는 마음, 그 마음이 교감의 다리를 놓고 있어요.'
상지 보살의 음성이 귓가에 들려왔다. 총장은 깊은 깨달음을 얻은 듯 천천히 고개를 끄덕였다.

2
제가 행복합니다 당신이 있어

박 총장 일행이 법운사 주지실로 들어서자 먼저 와 있던 사람들이 자리에서 일어났다.

"다들 일찍 왔군. 앉지."

박 총장이 자리에 앉으며 손짓을 하자 모두 자리에 앉았다. 그때 상지 보살이 주지실로 들어와 일행과 함께 앉았다.

"제가 말씀드렸던 송혜륜 작갑니다. K 대학 졸업반입니다."

노 기자가 혜륜을 소개했다.

"송혜륜입니다. 총장님을 뵙게 돼서 기쁩니다."

혜륜이 공손하게 머리를 숙였다.

"나도 기뻐요. 좋은 작품을 썼다는 얘기를 들었어요."

총장이 미소를 지으며 말했다. 그때 옆에 앉았던 손 교수가 주의 깊게 혜륜을 바라봤다.

"저도 친구를 데리고 왔습니다. 인사를 드리지."

강원해가 옆에 있는 친구를 돌아보며 말했다.

"선우 향산입니다. 총장님을 뵙고 싶어 따라왔습니다."

향산이 깊게 허리를 굽히며 인사했다.

"선우 향산이면 혹시 학교법인 향산재단과 연관이 있는가요?"

총장이 관심을 나타내며 물었다.

"제 부친이 향산재단 이사장입니다."

"아, 그래요. 반갑습니다. 선우 이사장님은 내가 존경하는 어른입니다."

"저도 아버님으로부터 총장님 얘기를 많이 들었습니다. 그래서 이번에 따라나섰습니다."

"잘했어요. 여기 계신 상지 보살 님은 화가신데 내겐 마음의 고향 같은 분입니다. 옆에 있는 수희 씨는 예경다원을 운영하면서 법운사와 예경원 일을 도와주고 있지요. 보석 같은 분입니다. 그리고 이분은 손지운 교수로 우리 학교 음대에 재직하고 계신 성악가십니다."

박 총장 소개가 끝나자 혜륜이 긴장한 표정으로 손 교수를 바라봤다. 상지 보살은 그런 혜륜한테 잠시 눈길을 보내다가 시선을 놓렸다.

"좋은 분들이 모였군요. 법운사 일정이 끝나면 예경다원에 가서 차담을 나눕시다."

총장이 좌중을 둘러보며 말했다.

그때 법운사 주지 스님이 방으로 들어왔다.

"인사를 나누시는 것 같아 잠시 밖에서 기다렸습니다. 점심 공양이 준비됐으니 공양부터 하시고 큰스님을 친견하시죠."

"감사합니다."

총장이 먼저 자리에서 일어나자 일행도 따라 일어났다.

공양실엔 음식이 정갈하게 준비돼 있었다. 주로 약초를 식자재로 사용해 국도 끓이고 무침도 하고 전도 부쳤다. 일행은 음식을 조금씩 덜어 식사를 했다. 음식은 물론 공기 숨소리마저 정갈하게 느껴졌다. 식사가 끝났을 때 주지 스님이 와서 말했다.

"20분쯤 후에 큰스님 방으로 오십시오. 차를 준비해 놓겠습니다."

일행은 자신이 먹은 그릇을 들고 개수대로 가 깨끗이 씻어 정리해 놓고 공양실 밖으로 나왔다. 그때 수희가 앞장서며 따라오라고 했다. 수희는 완만하게 경사진 언덕을 5분쯤 오르다가 단아한 모습으로 서 있는 건물 앞에 멈춰 섰다. 일행도 수희 뒤에 멈춰 섰다.

"스님, 손님들 모시고 왔습니다."

수희가 안을 향해 말하자 해인스님이 방문을 열고 밖으로 나왔다.

"어서 오십시오. 기다리고 있었습니다."

노란 마루 위에 서서 미소를 짓고 계신 스님을 일행은 숨이 멎은 듯 올려다봤다.

"어서 들어오십시오."

스님이 몸을 돌려 방으로 들어갔다. 그러자 일행도 댓돌 위에 신을 벗어 놓고 방으로 들어갔다. 모두 방으로 들어갔을 때 총장이 나직이 말했다.

"같이 인사를 드립시다."

총장이 지극한 예경의 마음을 담아 절을 했다. 일행도 지극한 예경의 마음을 담아 함께 절을 했다.

"편하게 자리에 앉으십시오. 지금은 이 방이 우주 안에서 가장 편한 공간입니다."

해인스님이 웃으며 손님들을 바라봤다. 미소 짓고 있는 치아에서 밝은 빛이 뿜어져 나왔다.

"모두 좌복에 앉으십시오."

시자 스님 말을 듣고 일행은 자리를 잡고 앉았다. 하얀 방석 앞엔 다관과 찻잔이 놓인 자그마한 상이 몫몫이 놓여 있었다.

일행이 자리를 잡고 앉자 해인스님이 일행을 둘러봤다. 바위산이라도 뚫을 것 같은 강한 시선, 숨은 물론 피돌기마저도 정지된 듯한 표정으로 일행을 둘러보던 스님은 곧 시선을 거뒀다. 그 시간이 30초쯤 되었을까? 아니면 10초쯤 되었을까? 스님은 평온한 표정으로 미소를 짓고 있었다.

"준비한 차는 약찹니다. 드십시오."

시자 스님은 이렇게 말하곤 조용히 몸을 돌려 안으로 들어갔다.

"여기 오면서 잠시 예경원을 둘러봤는데 거긴 전부 약초만 있다 하더군요. 약초와 반대되는 건 독촌데 약초와 독초는 어떻게 함께 존재하게 됐는가요?"

송혜륜이 앞에 놓인 차를 한 모금 마시고 나서 물었다.

"약초와 독초는 사람들 입장에서 구분한 것입니다. 독초라고 생각하는 풀도 다른 생명한테 이익을 주기도 할 테니까요."

해인스님이 웃으며 답했다. 그러자 모두 해인스님의 다음 말을 기다렸다.

"모든 생명은 스스로 존재하기 위해 독특한 기능을 가지고 있습니다. 독초가 몸에 독을 품고 있는 것도 존재하기 위한 수단이지요."

"그렇다 하더라도 인간인 제 눈에는 독초와 약초는 엄연히 다른 것 같은데요. 독초의 생명과 약초의 생명은요."

"생명만 놓고 얘기하자면 진화에서 온 차이라고 할 수 있겠지요."

해인스님 말을 듣고 있던 노 기자가 말했다.

"스님 말씀을 들으니 우리 인간도 그와 같다는 생각이 듭니다. 강도 사기꾼 포주 마약 밀매단처럼 타인의 생명에 해를 끼치며 사는 사람도 있고, 교육자 예술가 종교인 복지가 의사들처럼 타인의 생명에 이익을 주며 사는 사람들도 있는 걸 보면요. 저는 기자기 때문에 평소에 많은 사람을 만나 왔습니다. 처음 입사해서는 사회부 기자로 있었는데 그때 참 나쁜 인간들을 많이 봤습니다. 그때는 몰랐는데 지금 스님 말씀을 듣고 보니 그게 생명의 진화에서 오는 차이라는 걸 알게 됐습니다."

노 기자 말을 듣고 있던 해인스님이 웃으며 답했다.

"기자님은 소중한 걸 알았습니다. 생명의 진화, 생명의 실상을 아는 것은 아주 중요한 일입니다. 그걸 알고 사는 사람과 모르고 사는 사람은 큰 차이가 있지요."

생명의 진화? 생명의 실상? 방안엔 잠시 침묵이 흘렀다.

"진화하는 생명은 정신을 말하는 건가요?"

원해가 물었다.

"정신이라고도 하고, 업식이라고도 하고, 인식 작용이라고도 하는데 그들은 다 마음을 말하는 겁니다. 그러니 마음의 진화라고 할 수 있지요."

해인스님이 답했다.

"마음도 진화를 하는가요?"

원해가 다시 질문했다.

"원래의 마음은 진화를 하지 않습니다. 이미 원만구족하기 때문이지요. 하지만 인간이 쓰는 마음은 진화를 합니다. 인간이 쓰는 마음은 현상계 안에서 쓰는 것이기 때문에 진화를 하게 됩니다."

"그러니까 현상계 안에서 쓰는 마음은 업식 작용이라 할 수 있겠네요?"

"업식 작용이라고도 할 수 있고 인식 작용이라고도 할 수 있지요."

"우리가 공부하는 것도 그래서군요."

"그렇지요. 공부해서 업식을 향상시키지 않으면 마음의 평화를 얻을 수 없기 때문에 공부를 하게 됩니다. 아까 기자님이 말씀하신 것처럼 나쁜 일을 하면서 사는 사람들은 마음의 평화를 얻을 수 없습니다. 행복할 수도 없고요. 그걸 아는 사람들은 마음을 향상시키는 공부를 하지 않을 수 없습니다. 여기 계신 분들은 다 그런 분들입니다."

해인스님은 좌중을 둘러보며 조용히 미소를 지었다. 구도자의 길에 들어선 것을 인가해 주는 것처럼. 그러자 모두 강한 감동을 느끼며 스님을 바라봤다. 잠시 침묵이 흘렀을 때 총장이 질문했다.

"불교에서는 자타일시성불도라는 말이 있지 않습니까? 모두가 함께 성불하려면 어떻게 해야 합니까? 성불이라는 말은 너무 과한 말이고 함께 마음의 진화를 하려면 말입니다."

"총장님이 염원하고 계신 일을 조금 더 설명해 보십시오."

"제가 요 근래 생각하고 있는 건 개인의 진화만으로는 세상을 바꿀 수 없다는 것입니다. 함께 진화하지 않으면 이 화택(火宅) 같은 세상이 바뀌지 않는다는 사실입니다. 그래서 어떻게 하면 함께 진화할 수 있는가, 하는 방법을 모색하고 있습니다."

총장의 말을 미소를 지으며 듣고 있던 스님이 상지 보살 쪽으로 시선을 돌렸다.

"보살님이 한번 말씀해 보십시오."

그러자 모두의 시선이 상지 보살 쪽으로 갔다.

"화택이라는 말은 법화경에 나오는 말입니다. 이 세상이 불타는 집과 같다는 것이지요. 집에 불이 붙어 위험천만한데 그 안에 있는 아이들은 각자 놀이에 빠져 이리 뛰고 저리 뛰고 하면서 노는 데 정신이 빠져 있다는 겁니다. 그럴 때 이 광경을 안타깝게 바라보던 아버지는 아이들이 좋아할 양 수레, 사슴 수레, 소 수레를 주겠다고 해서 아이들을 밖으로 불러냅니다. 지금 총장님의 고민도 이 법화경에서 찾았으면 좋겠습니다."

상지 보살이 총장을 보며 말했다.

"그러니까 아이들을 밖으로 유인해 낼 수 있는 방법을 찾으라는 말씀이군요."

총장이 진지한 표정을 지으며 상지 보살의 말을 받아들였다.

"그렇습니다."

"이왕이면 방법까지 말씀해 주십시오. 제가 지금 고민에 빠져 있는 건 방법을 찾지 못해서입니다."

"방법은 스님과의 대화 속에서 이미 나왔다고 생각합니다."

"지금 이 자리에서 말입니까?"

"조금 전에 생명의 진화에 대해 말씀하지 않았습니까? 생명의 진화를 이해하려면 생명의 실상을 알아야 합니다. 생명의 실상을 알게 하는 게 그 답이지요. 스님, 그렇지 않습니까?"

상지 보살은 자신이 한 말에 대해 인가를 받으려는 듯 해인스님 쪽으로 시선을 돌렸다.

"저도 그렇게 생각하고 있습니다. 생명의 실상을 아는 일이 가장 우선돼야 한다고 생각합니다."

해인스님은 상지 보살의 말을 긍정해 주었다.

"여기 계신 분들 중에 자신의 생명에 대해 확실히 이해하고 계신 분이 있으면 한번 말씀해 보세요."

상지 보살이 대중을 둘러보며 말했다. 마치 숙제를 내 주고 있는 것처럼. 하지만 아무도 선뜻 나서서 말을 하지 못했다.

"내가 존재하는 것은 생명이 있기 때문입니다. 생명이 없으면 존재할 수 없지요. 이게 생(生)과 사(死)입니다. 생과 사에 대한 투철한 이해와 그것이 어떻게 지속되고 있는가를 아는 게 생명의 실상을 이해하는 첫 번째 단계입니다. 공부의 시작이라고도 할 수 있지요."

상지 보살은 이렇게 말하고 입을 다물었다. 자신이 할 수 있는 말은 여기까지라는 듯. 방안엔 고요한 침묵이 흘렀다. 그때 총장이 스님 쪽으로 고개를 돌리며 간곡하게 청했다.

"스님, 저희한테 생명의 실상에 대해 법문을 해 주십시오. 세상을 바꿀 수 있는 힘도 거기에서 나올 거 같습니다."

총장의 청을 받은 해인스님은 잠시 눈을 감고 생각에 잠겨 있다가 말했다.

"생명의 실상을 아는 일은 참으로 어려운 일입니다 이해하는 방법도 다 다릅니다. 지상에 서로 다른 종교가 생겨난 것도 그래서입니다. 그러므로 여기서 어느 것은 옳고 어느 것은 틀렸다고 시비를 하는 것은 의미가 없습니다. 자신이 받아들이는 수준에서 받아들이는 것이니까요. 산승(山僧)이 생명의 실상에 대해 얘기한다면 그건 부처님의 가르침에 의해서입니다. 부처님의 가르침에 의해 공부를 하다 보니 아! 이게 바로 생명의 실상이구나, 하고 깨닫게 됐지요. 그래서 산승이 깨달은 범주 안에서 얘기를 해 보겠습니다."

스님의 말이 끝나자 대중들은 모두 감사한 마음으로 합장했다. 그때 노 기자가 조심스럽게 청했다.

"스님 법문을 녹화할 수 있도록 허락해 주십시오."

해인스님은 잠시 생각에 잠기더니 답했다.

"쓰일 용도가 있으면 그렇게 하십시오."

스님 허락을 듣는 순간 모두 안도하는 표정을 지었다.

"'나'라는 생명체는 정신과 육신이 결합해 존재하고 있습니다. 그와 같이 우주도 정신에 해당하는 진여의 세계와 육신에 해당하는 물질세계가 결합해 있습니다. 진여의 세계와 물질의 세계가 갈리는 경계를 불교에서는 진여문과 생멸문이라 하고, 동양 사상에서는 무극과 태극이라 합니다. 두 세계가 갈렸다곤 하지만 서로 포섭돼 있으므로 이분법적으로 이해하면 안 됩니다. 이 이야기는 장황할 뿐 아니라 우리가 알려고 하는 주제와도 거리가 있기 때문에 여기서 줄이겠습니다.

우리가 공부하려는 생명의 실상은 우리가 지금 살고 있는 이 사바세계에서의 생명의 실상을 말합니다. 사바세계는 중생

세계라고도 하는데 중생 세계에 살고 있는 사람들은 탐심(貪心)과 진심(嗔心)과 치심(癡心)에 갇혀 사는 사람들을 말합니다. 탐심은 여러분들도 다 알다시피 탐하는 마음입니다. 재물욕 명예욕 권력욕 소유욕 등 욕망을 탐하는 것을 말하고, 진심은 시기 질투 모함 분노 증오 등을 일으키는 마음을 말합니다. 그리고 치심은 어리석음을 말하지요. 어리석음의 반대되는 말은 지혠데 치심 안에는 지혜가 모자라기 때문에 모든 사물을 잘못 판단하고 잘못 받아들입니다. 이 탐심 진심 치심은 서로 융합되어 있으므로 고통을 재생산하게 됩니다. 그래서 불교에서는 이 세 가지 마음을 삼독심(三毒心)이라 하지요.

불교의 가르침은 이 삼독심에서 벗어나 어떻게 하면 열반에 들 수 있는가에 맞춰져 있습니다. 하지만 불교의 가르침이라고 해도 열반에 드는 방법이 다 같은 것은 아닙니다. 처음엔 깨달음의 주체가 개인에 맞춰져 있었습니다. 내가 어떻게 이 삼독심에서 벗어나 대 자유인이 될 수 있는가에 맞춰져 있었지요. 그 당시의 공부 방법은 팔정도를 닦는 것이었습니다. 팔정도란 여덟 가지의 바른 공부 길을 말하는데 정견(正見) 정사유(正思惟) 정어(正語) 정업(正業) 정명(正命) 정정진(正精進) 정념(正念) 정정(正定)을 말합니다. 이 여덟 가지를 잘 닦으면 고통에서 벗어나 마침내 열반에 들 수 있다는 것이지요. 팔정도에서의 정(正)은 중도를 의미하는 것입니다.

그 후에 나타난 것이 대승불교입니다. 대승불교에 오면 깨침의 주체가 일체중생이 됩니다. 생명 가진 중생이 고통 속에서 헤매고 있는데 나 혼자 깨달아 열반에 머무는 것이 무슨 의미가 있느냐고 본 거지요. 그래서 대승불교에 오면 보살(菩薩)이란 개념이 등장합니다. 보살은 스스로 깨달아 부처가 되고자 함과 동시에 일체중생을 깨닫게 해서 부처가 되게 하는 데 원력이 맞춰져 있습니다. 조금 전에 총장님이 세상 사람들의 마음을 함께 진화해 가기 위해 고심하는 것과 같은 것입니다. 대승 보살의 공부 방법은 육바라밀이 제시되고 있습니다. 육바라밀이란 보시(布施) 지계(持戒) 인욕(忍辱) 정진(精進) 선정(禪定) 반야바라밀(般若波羅密)입니다. 이 여섯 가지를 실천하기 위한 수행을 꾸준히 하면 마침내 보살로서 자격을 갖출 수 있다고 보는 거지요.

그리고 불교 내에서의 또 한 가지 수행법은 참선입니다. 참선은 정려(靜慮)에 듦으로 해서 자신의 자성(自性), 우주의 본래 성품을 보는 것입니다. 자신의 자성이나 우주의 본래 성품은 청정무구하기 때문에 번뇌의 찌꺼기가 끼어들 자리가 없지요. 참선을 통해 이 자리를 얻고자 하는 수행이 선불교 수행법입니다.

산승은 이 세 수행법 중에 대승불교의 보살 사상에 관심을 가져 왔습니다. 여러분들이 실천하고자 하는 것 역시 이 보살

사상이라 생각합니다. 그래서 앞으로 열 번에 걸쳐서 화엄경 보살십지품을 중심으로 법문을 하겠습니다. 보살십지품이란 견성을 한 보살이 10단계의 수행 과정을 거쳐 마침내 성불에 이르는 과정을 설명한 것입니다. 하지만 처음부터 십지품을 설명하면 그 이전의 공부 과정이 생략되기 때문에 그 이전의 공부 과정을 한 번 설명하고 그다음에 아홉 번에 걸쳐 십지품을 설명하겠습니다. 십지품을 설명하면서 왜 아홉 번이냐고 의아해하실 거 같아 미리 말씀드리겠습니다. 마지막 10지인 법운지는 부처님의 세계에 깊이 들어와 있기 때문에 이 산승(山僧)으로서는 설명을 할 수가 없습니다. 그래서 제가 설명을 할 수 있는 9지 설법지까지만 말씀드리는 것으로 하겠습니다. 오늘은 여기까지만 얘기하고 다음 달에 다시 만나 대승불교의 보살 사상을 공부하도록 합시다."

해인스님은 이렇게 말하곤 대중을 둘러보며 미소를 지었다. 대중은 깊은 감동 속에서 스님을 우러러보며 합장했다. 예경의 마음을 가득 담아서다. 가르침을 받을 수 있는 스승과 함께 공부할 수 있는 도반이 있다는 것은 행복한 일이다. 이 지상에서 그 일보다 더 행복한 건 없다는 사실을 아는 대중은 모두 감격해하며 서로에게 감사의 마음을 전했다.

"천상에 있다가 지상으로 내려온 거 같습니다."

노 기자가 유쾌하게 말했다.

"여기도 지상은 아닌 거 같은데요."

향산이 주위를 둘러보며 말했다.

"그럼 극락세계에 있다가 천상 세계로 내려왔다 하지요."

"극락은 감을 잡을 수 없으니 도솔천에 있다가 도리천으로 내려왔다 합시다."

원해가 말했다. 모두 유쾌한 얼굴로 웃고 떠들고 있을 때 수희가 차를 준비해 왔다.

"도리천에서 차를 마신다, 상상만 해도 즐겁습니다."

향산이 찻잔을 들며 말했다.

"도리천에서 마시는 차가 무슨 찬지 이름은 알고 마시고 싶은데요."

노 기자가 수희를 보며 웃었다.

"석창포로 달인 찹니다. 머리를 맑게 해 주는 효능이 있다 합니다."

"아, 그런가요. 제가 꼭 마셔야 할 차 같습니다."

모두 행복한 얼굴로 차를 마시고 있을 때 총장이 좌중을 둘러보며 말했다.

"지금 여긴 저를 포함해 일곱 분이 자리를 같이하고 있습니다. 꼭 만나야 할 사람들이 만난 거 같습니다. 절에서 만났기 때문에 인사를 제대로 못 해 서로 모르는 분도 계시는 것 같은데 본인 소개부터 합시다. 우선 저부터 소개하겠습니다. 저는 D 대학 총장 박광효입니다. 아까 절에서도 말했지만 저는 대한민국 국민의 의식을 향상시키는 일을 꼭 하고 싶습니다. 전체 국민의 반 이상만 의식이 향상되면 대한민국은 자타가 인정하는 행복한 공동체가 되리라고 봅니다. 우린 모두 행복한 삶을 살기 위해 열심히 노력하는데 실제로는 그렇지 못합니다. 그렇지 못한 원인은 여러 각도에서 분석할 수 있겠지만 저는 의식의 문제를 가장 중요하게 보고 있습니다. 그래서 국민 의식을 어떻게 하면 향상시킬 수 있을까를 고민해 왔는데 오늘 스님 말씀을 듣고 그 답을 찾았습니다. 그건 생명의 실상을 알게 하는 것입니다. 생명의 실상을 알면 생명을 향상시켜야 하는 당위성도 자연히 알게 되리라고 봅니다. 생명의 실상을 알게 하는 작업이 바로 의식 고양 운동의 전 단계라는 게 깨달아졌습니다. 여러분들도 저와 함께 그 일을 합시다. 그래서 우리가 몸담고 있는 대한민국만이라도 행복한 공동체가 되도록 합시다. 우리가 그런 공동체를 만들면 세계 사람들도 주목해서 보고 자신들에게 맞는 공동체를 만들기 위해 노력하겠지요. 다음은 보살님이 말씀해 주십시오."

총장은 상지 보살을 보며 공손하게 청했다.

"좋은 분들을 만나게 돼서 반갑습니다. 저는 민예경입니다. 예도 예(禮), 공경 경(敬) 자를 씁니다. 지극한 마음을 담아 공경하라는 뜻인데 제가 제 이름에 담긴 뜻을 깊이 받아들인 것은 오십이 넘어서입니다. 일체 생명을 지극한 예를 갖춰 공경하는 일, 그 일이 저를 완성시키는 최상의 길임을 오십이 넘어 안 것이지요. 그때부터 저는 이름에 담긴 뜻을 실천하려고 노력했습니다. 노력하고 또 노력하다 보니 다른 생명을 공경하는 일이 어느 정도 가능해졌습니다. 그 과정에서 제 마음도 밝아져 저 자신이 미미하게나마 밝은 마음을 쓸 수 있게 되었습니다. 제가 밝은 마음으로 상대방을 공경하니 그쪽에서도 마음을 열고 제게로 다가오더군요. 그때부터는 물이 여과지를 통과하듯, 햇빛이 유리를 통과하듯 소통의 기운이 자연스럽게 이루어졌습니다. 제 안에서 그런 변화가 일자 저는 저 자신을 더욱 온전하게 가꾸고 싶어 강릉으로 낙향했습니다. 강릉은 제 고향이기 때문입니다. 여기서 약초를 심고 산 지가 십 년쯤 됐습니다. 이제는 사람뿐 아니라 약초하고도, 약초뿐 아니라 새나 곤충하고도 어느 정도 교감이 가능해졌습니다. 그리고 일도 인격체를 갖춘 대상으로 생각하고 지극한 공경심을 담아 하고 있습니다. 청소도 그런 마음으로 하고 약초를 가꾸는 일도 그런 마음으로 하고 있습니다. 저를 향상시켜 준 가장 큰 힘은 해인스님이셨습니다. 공부하다 막히면 큰스님을 찾아가 가르침을 받았습니다. 제가 여러분들한테 말씀드리고 싶은 건 생명에 대해 지극한 예를 갖춰 공경하라는 것입니다. 그건 결과적으로 자기 자신의 생명을 공경하는 것이 됩니다."

상지 보살의 말을 듣고 모두 감동하는 표정을 지었다.

"보살님은 화가십니다. 국전 심사위원도 하셨고 예술원 회원으로도 추대돼 있습니다."

총장이 보충 설명을 했다.

"이번엔 제 차례 같습니다."

상지 보살 옆에 있던 노 기자가 자세를 바로 하고 앉으며 말했다. 그러자 모두 미소를 지으며 노 기자를 바라봤다.

"저는 J 방송사 노의근 기잡니다. 저는 사회를 넓게 알고 싶어서 방송사에 입사했습니다. 처음엔 사회부 기자였는데 사회부에 있으면서 탈북민들과 교류를 하게 되었습니다. 많은 탈북민이 같은 탈북민한테 사기를 당한 사건이 크게 물의를 일으켜 제가 취재를 맡게 된 것입니다. 탈북민들을 만나다 보니 처음엔 이질감이 느껴졌지만 시간이 지나자 이질감이 동질감으로 바뀌었습니다. 그러면서 저는 속으로 외쳤지요. 우린 역시 한 민족이구나, 하고요. 북한에서 온 분들한테서 같은 민족임을 느끼게 되자, 같은 국민으로 살 수 있는 가능성도 찾게 되었지요. 그러면서부터 저는 통일에 관심을 가지게 되었고 통일에 관심을 가지게 되자 북한 주민들의 생활상에 관심을 가지게 되었습니다. 그래서 그쪽에 초점을 맞추고 꾸준히 취재를 했지요. 북한에서 살고 있는 2천 500만 인민들의 생활상이 어느 정도 파악되자 자연히 체제도 파악되었습니다. 북한 체제에 대한 이해가 깊어지자 통일이 됐을 때 양 진영에서 살아온 백성들의 의식 구조를 어떻게 통합할 수 있는가에 관심을 가지게 되었습니다. 그 일은 굉장히 중요한 일이라고 생각했기 때문에 오랫동안 그 문제에 매달렸습니다. 제가 총장님을 찾은 것도 그 문제에 대한 답을 얻기 위해서였습니다. 그렇게 시간을 보내다 보니 제 관심사는 문화 쪽으로 옮겨 가게 되었습니다. 그래서 문화부로 부서도 옮겼습니다. 문화부에 근무하면서 우리 민족이 함께 공유해 왔던 정신문화는 무엇이었던가를 추적하다가 문화재에 관심을 가지게 되었고, 이어서 세시 풍습에도 관심을 가지게 되었습니다. 그러면서 양 체제 속에서 서로 다르게 살아온 백성들의 이질적인 의식 구조를 어떻게 통합해 가야 하는가가 더욱 강하게 제게 다가왔습니다. 저는 아직까지 그 문제의 답을 찾지 못해 끙끙거리고 있습니다. 여러분들의 도움을 기대합니다."

노 기자의 소개를 듣고 모두 흥미로운 표정을 지었다.

"제가 노 기자 옆에 앉은 게 다행이란 생각이 듭니다. 저도 노 기자와 대동소이한 숙제를 안고 있기 때문에 같은 주제를 말할 수 있어서입니다. 제 이름이 향산(香山)인 것을 안 분들은 자연스럽게 묘향산을 떠올립니다. 우리나라에서는 오래전부터 동쪽엔 금강산, 서쪽엔 구월산, 남쪽엔 지리산, 북쪽엔 묘향산을 알아줬다 합니다. 묘향산은 평안북도 영변군과 회천군, 평안남도 덕천군에 걸쳐 있는 명산입니다. 저희 조부님은 평안남도 덕천군에서 출생해 중등 교육 과정을 고향에서 마치고 서울로 유학을 왔답니다. 조부님은 고향에 있을 때 아주 총명한 여학생과 사랑하게 됐는데 그 여학생은 형편이 어려워 중등학교만 마치고 고향에서 국민학교, 그러니까 지금의 초등학교죠. 초등학교 교사로 재직했다 합니다. 저희 조부님은 이별을 아쉬워하는 여학생과 작별할 때 '내가 공부를 마치면 꼭 너와 결혼을 하겠다. 그리고 결혼 후에 너를 대학교에 보내 교육을 받게 하겠다.'라고 약속을 했다 합니다. 조부님이 그런 약속을 하고 떠난 걸 보면 그 여학생이 자신처럼 대학 교육을 받지 못하는 걸 무척 슬퍼했던 거 같습니다. 그건 그 여학생이 그만큼 학구열이 강했다는 얘기도 되겠지요. 서울에 온 조부님은 경성제대에 다녔는데 졸업반 때 학도병으로 사이판에 끌려가게 됐다고 합니다. 미군과 맞서 싸운 일본군의 한 사람이 된 거지요. 죽을 고비를 몇 번 넘긴 조부님은 2차 대전이 종식되자 해방을 맞은 조국으로 와서 고향을 찾았답니다. 그 여학생을 만나고 싶은 열망도 포함됐겠지요. 고향에 와 보니 그 여학생은 정말 자신을 기다리면서 결혼을 하지 않고 있더랍니다. 저희 조부님은 부모님께 그 처녀와 결혼을 하고 싶으니 혼인을 허락해 달라고 청했지만 부모님이 거절해 혼인을 할 수 없었답니다. 부모님 입장에서는 사돈을 맺기엔 그쪽 가세가 너무 기운다고 생각한 거지요. 그래서 조부님은 그 처녀와 또 한 번 약속했답니다. '서울에 가서 취직하면 꼭 데리러 오겠다.'라고요. 그렇게 해서 처녀와 다시 헤어졌는데 그만 3·8선에 막혔답니다. 이게 저희 조부님의 슬픈 순애보입니다. 저희 조부님은 사업에 성공해 큰돈을 번 후 학교법인 향산재단을 설립해 대학을 세웠답니다. 조부님 마음속엔 북한에 두고 온 애인이 할머니가 됐더라도 만날 수만 있으면 자신이 설립한 대학에서 공부하게 해 주고 싶었던 거지요. 하지만 저희 조부님은 그 꿈을 이루지 못하고 돌아가셨는데 돌아가시면서 저희 부친께 아들을 낳으면 이름을 향산(香山)이라 지으라 하셨답니다. 고향 묘향산을 떠올리면서였겠지요. 그리고 언제가 될지 모르지만 남북이 통일되면 평안도 묘향산 근처에 있는 똑똑한 아이들을 데려다 자신이 세운 대학에서 공부를 시켜 국가의 동량으로 키우라는 유언을 남기셨다고 합니다. 이게 제가 향산이라는 이름을 가지게 된 내력이고, 동시에 제게 주어진 임무이기도 합니다."

향산의 말을 듣고 모두 감동한 얼굴로 바라봤다.

"감동적인 소설을 읽은 기분이 듭니다."

노 기자가 말했다.

"통일이 되면 노 기자님이 제일 먼저 묘향산으로 가서 저희 조부님의 애인 주소를 찾아 주십시오. 작은 끄나풀이라도 연결된 사람이 있으면 제가 데려다 우리 학교에서 교육을 시키겠습니다."

"꼭 그러겠습니다."

두 사람의 대화를 들으며 모두 흐뭇한 미소를 지었다. 그런 날이 빨리 왔으면 좋겠다는 염원을 담고서.

"이제 제 차례군요."

강원해가 자세를 바로 하며 앉았다. 그러자 모두 미소를 지으며 원해 쪽으로 시선을 돌렸다.

"저는 D 대학 출신으로 총장님의 직계 제자입니다. 아시는 분들은 알겠지만 D 대학은 장학제도가 좀 특이합니다. 보통 일반 대학에서는 학업 성적이 우수한 학생한테 장학금을 지급하는데 D 대학은 지도자의 인성을 갖춘 대학생한테 장학금을 지급니다. 이 장학금을 인성 장학금이라 하는데 학업 성적이 뛰어난 학생한테 주는 장학금과 비교하면 7대 3 정도 됩니다. 인성으로 장학금을 받는 학생 수가 7이고 학업 성적으로 장학금을 받는 학생 수가 3이지요. 저도 D 대학에서 인성 장학금을 받고 대학원 과정까지 마쳤습니다. 6년 동안 등록금을 한 번도 낸 적이 없으니 공짜로 대학을 다닌 셈입니다. 그리고 박사학위는 미국에서 받았는데 그때는 향산재단에서 주는 장학금으로 공부를 했습니다. 향산재단 장학금을 받고 미국에서 공부할 때 향산 님을 만났습니다. 향산 님도 그 당시 미국에 와서 저와 같은 대학에서 공부하고 있었습니다.

저는 지금 D 대학 연구실에서 〈미래를 이끌어 갈 사상〉을 정립하기 위해 머리를 싸매고 있습니다. 광풍처럼 휘몰았던 사회주의 사상과 자유민주주의 사상은 세계를 양분해 진영 싸움을 벌였습니다. 그 두 사상은 쓰나미처럼 밀려오다 한반도에서 멈춰서 남과 북으로 양분시켜 놓았습니다. 하지만 이제 그 두 사상은 폐기처분 단계에 이르러 더 이상 인류에게 꿈을 줄 수 없게 되었습니다. 그렇다면 미래를 이끌어 갈 새로운 사상은 어떤 것이어야 하는가? 그 답은 당연히 한반도에서 나와야 한다고 생각합니다. 양대 진영의 마지막 찌꺼기를 한반도에서 치우고 있기 때문에 미래를 이끌어 갈 새로운 사상을 도출해 내는 것은 우리의 임무이기도 하고 권리이기도 합니다. 이 임무와 권리를 당당하게 감당해 내기 위해 총장님과 저희 연구원들은 불철주야 노력하고 있습니다. 여러분들도 동지로 함께 참여해 주십시오."

강원해의 설명을 듣고 있던 사람들은 누가 먼저랄 것도 없이 박수를 쳤다. 동감과 동의의 뜻을 담아서였다.

"이번엔 접니까?"

손지운 교수가 좌중을 둘러봤다. 그러자 모두 그렇다는 뜻으로 가볍게 머리를 끄덕였다.

"저는 태어나면서부터 노래를 잘했답니다. 아마 첫 울음소리에도 곡조가 실려 있었던 듯합니다."

손 교수가 이렇게 말하며 씩 웃자 모두 따라 웃었다.

"저는 운명적으로 성악을 하게 됐고 따라서 음대 교수가 되었습니다. 저는 제가 내는 소리가 우주의 원음과 가까워지기를 염원하며 노래를 부르고 있습니다. 왜 그런 생각을 하게 되었는지는 저도 잘 모르겠습니다. 운명적으로 성악을 하게 되었듯 그런 소리를 내고자 하는 열망도 운명적으로 갖게 된 것 같습니다. 우주의 원음이 어떤 것일까를 찾아보니 불교에서 〈옴〉을 말하고 있더군요. 우주의 원음에 대한 설명은 불교에서만 하는 것 같습니다. 제 노래가 우주의 원음인 〈옴〉에 가까워지면 세상 사람들은 제 노랫소리를 듣고 깊은 진동을 느끼게 되겠지요. 〈옴〉은 근원의 소리니까요. 세상 사람들한테 근원의 소리를 들려주어 소리로 심성을 정화시켜 주고 싶은 게 제 염원입니다. 심성이 정화되면 자연히 행복해질 테니까요."

손 교수가 나직이 말했다.

"이번엔 혜륜 씨 차롑니다."

긴장한 얼굴로 손 교수를 바라보는 송혜륜을 보고 있던 노 기자가 차례가 왔음을 일깨워 줬다.

"아! 네. 송혜륜입니다. 저는 아직 어려서 알고 있는 게 없습니다. 부모님이 지혜의 수레바퀴를 굴리라고 이름을 혜륜(慧輪)으로 지어 주셨기 때문에 저는 지혜를 담은 소설을 써야겠다는 염원을 가지고 있습니다. 제가 잘 성장할 수 있도록 도와주세요."

송혜륜은 이렇게 말하고 나서 공손하게 머리를 숙였다.

"송혜륜 작가를 여기로 데려온 건 접니다. 혜륜 씨는 이번에 세계일화(世界一花) 문학상에 『마음의 여백』으로 당선이 되었습니다. 그 작품을 읽고 나니 꼭 만나고 싶은 생각이 들어 제가 인터뷰를 요청했습니다. 여기 계신 분들하고도 생각을 공유할 수 있을 것 같아 제가 동행하자고 요청을 드렸습니다."

"이왕 작품 얘기가 나왔으니 내용을 간단히 소개해 주지."

총장이 청했다.

"제가 하는 거보다는 작가가 직접 하는 게 나을 것 같은데요. 혜륜 씨가 작품 내용을 간단히 설명하시지요."

노 기자의 청을 받은 혜륜은 잠시 생각하는 표정을 짓더니 또렷한 목소리로 말했다.

"저희 부모님은 두 분 다 고등학교 교삽니다. 같은 학교에서 근무했는데 이상이 맞아 결혼했다고 합니다. 두 분은 결혼 후 한 분의 월급으로 생활하는 걸 실천에 옮겼습니다. 그리고 한 분의 월급은 그때그때 필요한 데 썼다고 합니다. 두 분이 그 일을 실천에 옮긴 건 적게 소유하고 적게 소비하자는 생각에서였다고 합니다. 적게 소유하는 건 물욕을 줄이기 위함이고, 적게 소비하는 건 지구를 더럽히지 않기 위함이었다고 합니다. 두 분은 늘 책을 읽었는데 좋은 책을 읽으면 서로 권하기도 하고 같이 토론을 하기도 했습니다. 제가 제일 많이 보아 온 부모님의 모습입니다. 그리고 시간이 나면 동네 공원이나 가까운 산에 가서 자연을 향유했습니다. 시간 여유가 더 있으면 강이나 바다를 찾기도 하시고요. 부모님은 자연에서 가장 큰 선물을 받는다고 하셨습니다. 부모님이 생각하는 선물은 여러 가지로 생각할 수 있을 것입니다. 지혜, 아름다움, 신비, 오묘함, 조화 등 그때그때 받는 감동에 따라 달라지셨겠지요. 어머님은 시 읽기를 좋아하시고 아버님은 노래 부르는 걸 좋아하시기 때문에 서로 시를 읽어 주기도 하고 노래를 불러 주기도 하십니다. 그리고 학교 내에서 어떤 직책을 맡으려 하지 않기 때문에 두 분은 30년 이상 교사 생활을 하시지만 늘 평교사로 살고 계십니다. 앞으로도 그렇게 사시다가 퇴임을 하실 겁니다. 저는 부모님을 보면서 자신들 가슴속에 있는 욕망을 밀어내고 그 자리를 여백으로 채우려 노력하고 계심을 알았습니다. 여백이 넓으면 넓을수록 아름다움, 평화로움, 자유로움 같은 걸 채울 공간이 많아진다는 것도 알았습니다. 지금 말한 내용이 제가 『마음의 여백』을 쓴 동기였습니다."

혜륜의 설명을 듣고 모두 감동하는 표정을 지었다.

"마음의 여백, 훌륭한 명젭니다. 혜륜 씨 말을 들으면서 내 마음을 들여다보니 너무 많은 지식으로 채워져 있다는 게 보였습니다. 그래서 잠시 부끄러움을 느꼈습니다."

총장이 정직하게 고백했다. 그러자 다른 사람들도 자신의 마음을 들여다보며 생각하는 표정을 지었다.

"이제 저만 남았군요. 제 이름은 수희입니다. 남의 기쁨을 함께 기뻐해 주는 걸 수희찬탄(隨喜讚嘆) 한다고 하는데 수희찬탄 할 때 앞 두 글자가 제 이름자와 같습니다. 저는 복지를 전공하고 보육원에서 일했습니다. 그런데 어느 날 저희 보육원 대문 앞에 포대기에 싼 어린아이가 놓여 있더군요. 그래서 안고 와 보니 그 안에 편지가 있었습니다. 편지 내용은 이랬습니다. '저는 27세의 엄마입니다. 혼자 아이를 키우려 했는데 온몸의 근육이 무력증에 빠져 손가락 하나도 움직일 수가 없습니다. 병원에서는 제 내장도 다 기능을 멈추고 있다 합니다.

도저히 아이를 제힘으로 키울 수 없어 보육원으로 보냅니다. 용서해 주세요.'

　보육원 대문에서 제가 아이를 안고 왔기 때문에 아이에 대해 책임감 같은 게 느껴지면서 이 아이를 어떻게 하는 게 가장 좋을까? 하고 고민했습니다. 그러다 아이 엄마를 우선 찾아봐야겠다고 생각하게 됐습니다. 그래서 가까운 주민센터에 가서 혼자 아이를 키우는 부인을 찾아보다 마침내 아이 엄마를 찾게 되었습니다. 가서 보니 아이 엄마는 너무나 고운 얼굴인데 완전히 무력증에 빠져 누워 있더군요. 주위에 아무도 없었기 때문에 물 한 모금도 마시지 못하고 있었습니다. 주인집 아주머니를 찾아 물어보니 자신이 아이를 보육원에 갖다 놓았다고 하면서 이렇게 말하더군요. '아이를 보육원에 보낼 생각을 하고 있었던 것 같아요. 미리 편지를 써 놓은 걸 보면요.' 그리고 이어 이런 말도 했어요. '마음도 얼굴처럼 고운 사람인데 자신의 신상에 대해선 한 번도 말한 적이 없어요. 연애를 잘못한 건지, 남편이 죽은 건지, 부모는 있는 건지 통 알 수가 없어요. 본인이 말을 안 하니까요. 내 생각 같아서는 돈만 있으면 살릴 수 있을 것 같은데…. 보증금도 월세로 다 깠으니 내 줄 돈도 없고.' 돈만 있으면 살릴 수 있다는 말을 듣는 순간 뭔가 제 가슴을 꽝 치는 게 있었습니다. 그래서 병원에 가서 환자 증상을 얘기하고 치료가 가능하냐고 물으니 의사 선생님은 깊은 마음의 상처에서 온 우울증 같다고 하더군요. 그러면서 단기간에 치료가 되는 건 아니지만 인내심을 가지고 꾸준히 치료하면 정상적인 생활을 할 수 있을 것 같다 했습니다. 그 말을 듣는 순간 제가 그 엄마를 살려 내야 할 것 같은 책임감이 느껴졌어요. 그래서 고민하다 친구한테 사정 얘기를 했더니 그 친구가 상지 보살님을 한번 찾아 가 보라고 하면서 주소를 적어 주었습니다. 저는 주소를 받은 즉시 보육원에 얘기하고 강릉으로 왔습니다. 그리고 보살님께 아이와 아이 엄마 얘기를 했습니다. 제 얘기를 들은 보살님은 잠시 생각에 잠기시더니 그림 한 점을 주시면서 '이분을 찾아 가 보세요.' 하셨어요. 그래서 숨도 돌리지 않고 바로 서울로 올라왔습니다. 보살님이 일러주신 분을 찾아 가 보니 그분은 화랑 주인이셨는데 두 말도 하지 않고 제가 생각할 수 없는 거금을 주겠다고 약속하면서 통장번호를 적어 놓고 가라 하시더군요. 이렇게 해서 아이 엄마 치료가 시작되었고, 1년 정도 후에 아이를 키울 수 있을 만큼 회복이 되었습니다. 저는 1년 동안 최선을 다해 아이 엄마 후견인 역할을 했습니다. 그러면서 회복돼 가는 과정을 보고서를 쓰듯 보살님께 편지로 알려 드렸습니다. 아이 엄마가 회복돼서 정상적인 생활을 할 수 있게 되었을 때 저는 아이를 엄마한테 넘겨주고 강릉으로 내려왔습니다. 5년 전 일입니다. 제가 강릉으로 내려온 후 보육원에서 그 엄마를 보육사로 채용해 일하게 했어요. 그 엄마는 간호사로 일했기 때문에 자연스럽게 보육원과 연결될 수 있었습니다. 제가 강릉으로 내려올 때 아이 엄마가 이렇게 말하더군요. '아이 아빠는 제가 근무한 병원 원장이에요. 저는 사랑인 줄 알았는데 나중에 보니 아무 그림도 그려져 있지 않은 텅 빈 허공이더군요.' 제가 그 여인에 대해 알고 있는 건 이게 전부예요. 제가 강릉으로 내려 온 건 상지 보살님 곁에 있고 싶어서였습니다. 곁에 있고 싶어서 내려왔는데 보살님은 저를 곁에 있게 해 주셨어요. 해인스님도 가까이 모시게 해 주셨고요. 해인스님과 상지 보살님을 모시고 사는 제 복이 너무 과분해 혼자 소리 죽여 운 적도 몇 번 있었습니다."

수희가 상기된 얼굴로 말했다.

"사람은 역시 사람에 의해서 행복해진다는 걸 오늘 다시 깨달았습니다. 한 분 한 분이 금강석처럼 소중하게 느껴집니다."

총장이 진심에서 말했다. 그러자 모두 같은 마음이라는 듯 머리를 끄덕였다.

"사람은 사람에 의해 행복해진다는 말을 조금 더 풀어서 했으면 좋겠습니다. 어떤 경우에 가장 행복감을 느낄까요?"

노 기자가 질문했다.

"그 답을 노 기자부터 해 보게."

총장이 말했다.

"저는 존중받을 때 가장 큰 행복감을 느낀다고 생각합니다. 부모가 자식으로부터 존중받을 때, 자식이 부모한테 존중받을 때, 형이 동생한테 존중받을 때, 동생이 형한테 존중받을 때, 스승이 제자한테 존중받을 때, 제자가 스승한테 존중받을 때, 친구가 친구한테 서로 존중받을 때, 상사가 부하한테 존중받을 때, 부하가 상사한테 존중받을 때, 백성이 통치자한테 존중받을 때, 통치자가 백성한테서 존중받을 때, 모든 관계에서 존중받을 때 가장 큰 행복감을 느끼게 되지 않을까요?"

노 기자가 총장을 보며 물었다. 그러자 모두 동감하는 표정을 지었다.

"그렇겠군. 모두가 존중하는 관계로 수평을 이룬다면 모두가 다 행복해지겠군."

총장이 크게 머리를 끄덕이며 긍정했다.

"그게 예경(禮敬)입니다. 지극한 마음으로 예의를 갖춰 주위 사람들을 존중하게 되면 스스로 겸허한 마음을 유지하게 되지요. 마음이 겸허해지면 비로소 상대방을 이해하는 능력이 얻어집니다. 이 이해하는 마음을 심화시켜 나가면 그 사람 안에 내재해 있는 생명이 보이게 되지요. 생명이 보인다 함은 사람만을 뜻하는 것이 아닙니다. 생명 가진 존재는 다 그와 같습니다. 이때가 되면 회향이 가능해지지요. 노력하지 않아도 저절로 회향이 이루어집니다. 남을 예경한다는 것은 내 생명을 예경한다는 말과 같습니다. 나를 향상시켜 주니까요. 예경의 마음은 우리를 행복하게 해 주는 첫 번째 단추와 같습니다. 첫 번째 단추를 잘 끼우면 그다음은 순리대로 자연스럽게 이루어지지요."

상지 보살의 얘기가 끝나자 모두 그 말을 자신 안에서 녹여 보려는 듯 진지한 표정을 지었다.

"지금 하신 말씀에 덧붙여 저도 생각해 왔던 얘기를 하겠습니다. 저는 사람이 하는 말 안에 변화의 에너지가 숨어 있다고 생각합니다. 찬탄과 칭송을 하면 생명을 증장시키는 에너지를 만들고, 악담과 증오의 말을 하면 생명을 고사시키는 에너지를 만든다고요. 그래서 어떻게 하면 사람들로 하여금 찬탄과 칭송의 말을 하게 할까를 놓고 고심해 왔습니다. 그런데 지금 보살님 얘기를 듣고 나니 찬탄과 칭송의 말을 하려면 상대방에 대한 공경심을 가져야 한다는 걸 알게 되었습니다. 상대방에 대한 공경심을 가지면 자연히 찬탄과 칭송의 말이 나올 테니까요."

"그렇겠지요. 그 둘은 하나인 것 같습니다."

상지 보살이 긍정의 미소를 지었다.

"이 세상에는 지금 저희가 하는 말 이해 못 하는 사람도 많지만 이해하는 사람도 많으리라고 생각합니다. 아니 이해하는 사람이 훨씬 더 많으리라고 봅니다. 부처님이 깨달음을 얻은 뒤 자신이 깨달은 세계가 너무 심원(深遠)해서 세상 사람들한테 알리는 일을 포기하려 하자 하늘에 있는 천신이 내려와 '부처님이시여, 부디 진리를 설하여 주소서. 이 세상에는 연못 속에 깊숙이 숨어 있는 연꽃도 있고 수면 위로 꽃대를 쑥 올리고 있는 연꽃도 있습니다만 그보다 훨씬 많은 연꽃은 수면 위에 찰랑찰랑 떠 있어서 조금만 위로 끌어 올려 주면 스스로 연꽃을 활짝 피워 낼 수 있습니다. 그러니 부처님이시여, 부디 그 사람들을 위해 진리를 설해 주소서.'하고 권청했다 하지 않습니까? 이 세상에는 저희 생각을 무의미하게 받아들이고 조롱하는 사람도 많겠지만 그보다 더 많은 사람은 공감하고 함께하려 할 것입니다. 그런 사람들과 함께 세상을 변화시키는 일을 하고 싶습니다."

"하십시오. 총장님이 앞장서면 그 일이 꼭 이루어질 겁니다."

"고맙습니다. 용기를 주셔서요."

예의를 갖춰 지극한 공경심을 표하는 상지 보살과 박 총장, 사람과 사람의 관계는 저렇게 아름다울 수 있구나!

"자네는 어떤 사람이 성공한 사람이라 생각하나?"

총장이 물었다. 창으로 들어온 석양이 총장실 벽을 비스듬히 덮고 있다.

"기업의 총수들, 고위직에 있는 정치가들, 각종 단체의 장들이 성공한 사람들이 아닙니까?"

노 기자가 답했다.

"그것만 가지곤 아니야. 그런 걸 가진 자들이 사회의 조롱거리가 되는 걸 보면서 명예를 잃으면 다 잃는구나, 하는 생각을 속으로 했어."

"명예란 어떤 것을 말하는 것인데요?"

"내가 생각하는 명예는 존경심과 연결돼 있어. 주위로부터 존경을 받으면 그 사람의 생은 명예로운 거야. 가족으로부터 존경을 받으면 명예로운 가장의 자리를 지키는 것이고, 제자로부터 존경을 받으면 명예로운 스승의 자리를 지키는 것이지. 부하 직원으로부터 존경을 받으면 명예로운 상사의 자리를 지키는 것이고, 국민으로부터 존경을 받으면 명예로운 대통령의 자리를 지키는 것이야. 대통령이 됐더라도 국민으로부터 원성과 비난을 받으면 그건 성공한 사람이라 할 수 없어. 통장이나 반장을 하더라도 이웃으로부터 존경을 받으면 그 사람이 성공한 사람이야. 그런 생각을 하자 두려움이 느껴지더군. 내가 지금 학교 구성원으로부터 얼마나 존경을 받고 있나, 하는 생각이 들어서."

"그러니까 어느 자리에 있든 주위로부터 존경을 받으면 성공한 사람이라 할 수 있다는 것이군요."

"내가 생각하는 성공한 삶은 그런 거야."

총장의 말을 듣고 한참 동안 생각에 잠겨 있던 노 기자가 조심스럽게 말했다.

"거긴 경쟁이 없군요. 존경을 받는 건 누구와 경쟁으로 얻어지는 게 아니니까요."

"기자라서 역시 다르군. 핵심을 정확히 찍었어. 내가 요즈음 명예로운 삶을 정리해 가면서 발견한 생각도 바로 그거야. 사람은 누구나 다 자기 자리에서 명예를 지키고 싶어 해. 자리가 높으면 더욱 그런 생각을 하게 되겠지. 그런데 그 생각 안엔 주위로부터 존경을 받겠다는 간절함이 없어. 존경이라는 핵심 명제를 잃고 있으므로 명예를 추구하면서도 명예를 지키지 못하게 되는 거야. 겉만 화려한 거지. 그래 가지곤 명예를 지킬 수 없어."

"존경을 받으려면 어떤 요소를 갖추어야 합니까?"

"존경에도 여러 단계가 있지. 성인들이 받는 존경과 현자들이 받는 존경, 위대한 발명가나 과학자 그리고 숭고한 작품을 창작해 낸 예술가들이 받는 존경 등 말이야. 내가 지금 말하는 존경은 광(廣)의가 아니라 협(狹)의야. 일상생활 속에서의 존경을 말하는 거지."

"저도 그 범주를 생각하면서 질문을 드린 겁니다."

"존경이라는 단어가 성립하려면 받는 쪽과 주는 쪽이 있어야 하지 않겠나? 그 양쪽이 성립하려면 공동체가 형성돼 있어야 해. 작게는 가정에서부터 크게는 그 사회의 모든 공동체, 최종적으로는 국가나 세계가 되겠지. 내가 생각하는 존경은 공동체 안에서의 존경이야. 공동체 구성원이 다 함께 행복하려면 구성원 하나하나가 따뜻한 마음을 갖고 반듯하게 예의를 지켜야 한다고 생각해. 거기서 한 걸음 더 나가 어떤 일을 처리할 때 개인의 이익보다는 공동체의 이익을 먼저 생각하고 행동하면 그 사람은 그 공동체의 구성원으로부터 신뢰를 받게 되지. 신뢰가 쌓이게 되면 그 사람은 자연스럽게 공동체를 이끌어 가는 리더, 지도자가 되는 거야. 이게 공동체 구성원의 기본 자격이야. 이 자격을 갖추면 존경을 받을 수 있는 기본 소양을 갖춘 것이라고 볼 수 있어."

"총장님의 말씀 속에는 군자가 갖추어야 할 다섯 가지 덕목, 인(仁) 예(禮) 의(義) 신(信)이 다 들어있는 거 같은데요. 지(智)만 빼고요."

"정확히 봤어. 옛 성현들도 우리가 생각하는 고민을 치열하게 하면서 살았어. 그러므로 얻게 되는 해답도 다르지 않다고 생각해. 옛 성현들이 찾아낸 다섯 가지 덕목, 그건 지금 우리한테도 유효한 거야. 인(仁)은 따뜻한 마음이야. 그 말은 사랑이나 자비라는 말로도 통용되는데 내재한 뜻은 따뜻한 마음이야. 따뜻한 말을 풀이해 들어가면 또 복잡해지겠지. 그러니 따뜻하다는 말은 자기가 받아들이는 범위에서 해석하면 돼. 예(禮)는 그대로 예의라고 생각하면 돼. 따뜻한 마음과 예의를 갖춘 구성원이 모여 있으면 그 공동체는 일단 행복할 수 있어. 가족도 따뜻하게 서로 배려하고 예의를 지켜 행동하면 그 가정은 행복한 거야. 직장도 학교도 회사도 관공서도 다 마찬가지야. 그래서 나는 따뜻한 마음과 예의를 갖춰 행동하는 사람은 공동체 구성원의 자격을 갖췄다고 보는 거야. 거기서 한 걸음 더 나가 어떤 일을 처리할 때 자기 개인의 이익보다는 공동체 이익을 먼저 생각하고 그 이익에 맞춰 처리하게 되면 사람들은 모두 그 사람을 믿고 따르게 돼. 이게 신(信)이고 의(義)야. 자신들을 지켜 주는 지도자라고 생각하게 되지. 신(信)과 의(義)를 실천하는 사람은 그 일이 옳다는 믿음이 있으므로 실천하는 거야. 확고한 신념을 가지고 있는 사람이지. 이런 사람이면 공동체의 리더로 자격을 갖춘 거야. 그리고 자네가 아까 지(智)가 빠졌다고 했는데 지는 인, 의, 예, 신에 고르게 흐르고 있어. 지(智)는 지혜를 말하는데 지혜가 없어 무지하면 인 의 예 신을 행동으로 옮기지 못하게 돼. 피가 모든 영양소를 실어 나르듯 지혜는 모든 덕목을 실행에 옮기게 하는 동력이지."

"총장님의 말씀을 정리하면 행복한 공동체의 구성원이 되기 위해서는 따뜻한 마음과 예의 바른 행동을 해야 한다. 그리고 그 구성원의 리더가 되려면 사익의 추구보다는 공익의 추구를 실행에 옮기려는 확고한 신념을 가지고 실천해야 된다. 그러면 주위로부터 신뢰와 존경을 받게 되고, 신뢰와 존경을 받으면 자신의 자리를 명예롭게 지키게 된다. 이거잖습니까?"

"잘 정리했어."

"주위로부터 존경을 받고 자신의 삶을 명예롭게 영위해 가는 것은 쟁취가 아니라 자신 안에서 인격을 연마해 가는 과정에 달렸다. 그러므로 스스로 노력하면 누구나 다 자신의 삶을 명예롭게 영위해 갈 수 있다."

"결론도 잘 정리해 줬어. 노 기자는 역시 유능한 기자야."

"총장님한테 칭찬을 듣고 나니 기분이 아주 좋은데요. 저 자신에 대한 자부심도 생기고요."

"칭찬 안에는 그런 약효가 숨어 있으니 우리 서로 칭찬하면서 살자고."

"칭찬도 입에 발려서 하면 약효가 없으니 지극한 공경심을 담아서 하자, 이거지요?"

"하하하. 결론도 아주 잘 정리해 줬어."

우리가 몸담고 있는 공동체가 행복하면 나도 행복해진다. 불행한 공동체 안에서 나만 홀로 행복할 수는 없다. 그게 공동체 구성원의 운명이다. 공동체 안의 지도자가 훌륭하면 그 공동체는 행복해진다. 올바르게 공동체를 이끌어 갈 지도자가 출현해야 하는 이유다. 이 두 가지 숙제는 우리 모두 지혜를 모으면 풀어갈 수 있다. 그 일을 지금 깨닫고 있는 사람만이라도 실천에 옮기게 해 보자. 각자가 자신의 자리에서 명예로운 삶을 영위해 가고, 다른 사람도 그렇게 명예로운 삶을 영위해 갈 수 있게 돕는 일을 말이다. 그 마음 안에 상대를 존중하고 공경하는 마음이 있다면 그 일은 더욱 깊어질 것이다. 마음 안에 상대를 존중하는 마음과 공경하는 마음이 없다면 따뜻한 마음으로 남을 배려하고 예의를 지켜 행동하는 일은 처음부터 이루어지지 않을지도 모른다. 칭찬하고 찬탄하는 일도 마찬가지다.

'예경의 마음은 우리를 행복하게 해 주는 첫 번째 단추와 같습니다.'

맞는 말이다. 그런데 그 성공의 기준을 부를 축적하는 데, 명성을 얻는 데, 권력을 쟁취하는 데 둔다면 실제로 성공을 거두기는 지난하다. 경쟁에서 이겨야 하고 그 경쟁에서 승리하기는 참으로 어렵기 때문이다. 그래서 대부분의 사람은 자기 자신을 성공하지 못한 사람으로 생각하며 살아간다. 하지만 부를 축적한 사람도, 명성을 얻은 사람도, 권력을 쟁취한 사람도 사회의 조롱거리가 되는 경우가 종종 있다. 조롱거리까지는 되지 않았다 해도 자신이 획득한 부를, 명성을, 권력을 의미 없이 향유하다 떠나간다면 거기에 무슨 가치를 부여할 수 있겠는가?

우리가 평범한 사람이라고 일컫는 대부분의 사람은 크게 부를 축적하지도, 크게 명성을 얻지도, 크게 권력을 쟁취하지도 못한 사람들이다. 하지만 그 사람들은 대부분 따뜻한 마음을 가지고 이웃을 배려하고 이웃에 해가 되지 않으려 말과 행동을 조심하며 살아간다. 자신이 성공한 삶을 살고 있지 못하다고 생각하지만 성공한 삶에 가장 근접해 있는 사람들이다. 이 사람들에게 가치관의 전환을 심어 주면 우린 모두 좀 더 역동적인 공동체를 이끌어 갈 수 있다. 가치관의 전환은 우리 생명을 어떻게 이해해야 하는가에 맞춰져 있다. 해인스님도 그것을 간파하고 생명의 실상을 말씀해 주시려 한다. 생명의 실상은 정녕 어떤 것인가? 그것을 알고 나면 삶과 죽음도 이해하게 되고 어떻게 하루하루를 살아가야 하는가도 분명하게 깨닫게 된다. 진정으로 성공한 삶을 사는 사람들이 모여 아름다운 공동체를 이룬다면 그 안에 사는 사람들은 행복하지 않겠는가? 그런 공동체를 현상계 안에 우뚝 세우고 싶은 게 내

꿈이다. 박광효 총장은 눈을 감고 이런 생각을 하고 있었다.

"무슨 생각을 그렇게 골똘히 하고 계십니까?"

노 기자가 미소 지으며 물었다.

"자네들과 함께 펼쳐 갈 일을 생각하고 있었네."

총장이 노 기자를 보며 미소 지었다. 미소 짓고 있는 두 사람은 신뢰로 깊게 연결돼 있었다.

3
마음이 너무 아파요

'선생님, 마음이 너무 아파요. 너무 아파서 손바닥을 가슴에 댔는데 손바닥도 아파요. 선생님, 저 좀 어떻게 해 주세요.'

송이 편지를 손에 쥐고 있는 수희 손이 떨리고 있다. 떨리는 손으로 편지를 쥐고 있던 수희는 창밖으로 시선을 돌렸다. 잠시 허공을 바라보던 수희는 편지를 쥐고 자리에서 일어났다. 밖으로 나온 수희는 급히 예경원으로 발길을 돌렸다. 초가을 햇빛이 약초 위에 밝게 내려앉아 있다. 수희는 걸음을 빨리하며 약초 사이로 난 오솔길을 걸어가다 걸음을 멈추고 섰다. 고요히 정에 들어 약초를 바라보고 있는 상지 보살이 눈에 들어와서다.

"보살님, 여기 계셨군요."

수희 목소리가 미세하게 떨렸다.

"…."

상지 보살이 고개를 돌렸다.

"저 오늘 서울에 다녀와야겠어요. 송이한테 무슨 일이 있었나 봐요. 송이가 이런 편지를 보냈네요."

수희는 들고 있던 편지를 건네주었다. 편지를 받아 든 상지 보살도 가슴이 아픈 듯 잠시 시선을 아래로 주더니 조용히 말했다.

"어서 가 봐. 운전 조심하고."

"예경원은 오늘 별일 없으신가요?"

"응, 아무 일도 없어."

"그럼 절에 가 보고 절도 별일이 없으면 서울에 다녀올게요."

"그래."

수희는 급히 몸을 돌려 왔던 길을 되돌아 나갔다. 법운사와 예경원, 예경다원을 합쳐 차가 한 대. 그 차를 수희가 운전하면서 절 일과 농장 일을 돌보고 있었다. 수희가 절 마당에 들어서자 공양주 보살과 마주 서서 얘기하던 원주스님이 고개를 돌리고 쳐다봤다.

"스님, 제가 급히 서울을 다녀와야겠는데 괜찮을까요?"

"며칠 걸리실 건데요?"

"이틀 아니면 삼일이요."

"그러니까 글피에 오시겠다는 거죠?"

"아무래도 그렇게 될 거 같아요."

"그렇게 하십시오. 12일이 수왕화 보살 기일이라 지금 보살님과 장을 볼 일을 의논하고 있었습니다."

"장은 언제 보실 건데요?"

"8일쯤 봐야겠지요."

"그럼 시간 여유가 있으니 제가 서울을 다녀오겠습니다."

"그러십시오."

원주스님 허락을 받은 수희는 합장하고 몸을 돌렸다.

서둘러 준비를 하고 예경다원을 나선 수희는 차를 몰고 요금소 쪽으로 달렸다. 송이가 어떤 상탠지 마음이 자꾸 쓰였다. 얼마간 달리자 서울로 가는 요금소가 나왔다. 수희는 요금 계산서를 받아 들고 좀 더 속력을 내서 고속도로를 달리기 시작했다. 운전하는 수희 귓가에 송이 절규가 들려왔다. '선생님, 마음이 너무 아파요. 너무 아파서 손바닥을 가슴에 댔는데 손바닥도 아파요.' 송이의 절규를 듣고 있는 수희 두 눈에 눈물이 가득 고였다. 그러면서 고등학교 1학년 때 봤던 아버지 얼굴이 떠올랐다. 수희 어머니는 심장 판막을 앓고 있었다. 수희 어머니 고향은 강릉이었는데 결혼 초엔 강릉 시내에 살고 있었다. 물론 수희가 태어나기 훨씬 전 일이다. 강릉 시내에서 십 리쯤 떨어진 농촌에 외가가 있었고, 몇 대 내려오는 외가를 지키고 있는 사람은 큰 외숙이었다. 큰 외숙은 서울 출입이 잦아서 서울에 가려면 그 전날 강릉 시내에 나가 여동생 집에서 하루 묵고 새벽에 떠나는 걸 당연하게 여겼다. 사람 오는 걸 좋아하고 삼대가 한집에서 살지만 큰 소리가 담을 넘은 적이 없다고 하는 외가는 인품 좋은 사람들이 모여 사는 집이었다. 처음부터 인품 좋은 사람들만 가족 구성원이 되었던 건 아니고 명가의 법도를 만들고 그 법도를 따르며 살다 보니 자연스럽게 좋은 인품을 지닌 가족 구성원이 되었다. 그런 집의 장손이었던 외숙은 서울 나들이를 하러 갈 때면 출가한 동생 집에서 유숙하는 걸 당연히 여기고 있었다. 입장이 바뀌어도 자신은 그렇게 하는 걸 당연히 여겼을 것이기 때문이다.

  추운 겨울 어느 날 밤, 외숙은 다시 동생 집을 찾았다. 외숙이 동생 집으로 들어가자 이를 못마땅하게 여긴 아버지가 엄마한테 몇 마디 시비를 걸다가 숯불이 담긴 화로를 큰 처남 면전에서 둘러 엎었다. 방안엔 뻘겋게 단 숯덩이와 함께 재가 나뒹굴었고 엄마는 너무 놀라 숨을 못 쉬며 가슴을 움켜쥐고 방바닥에 꼬부리고 있었다. 외숙은 뒷수습을 한 후 말없이 집을 나갔고 그 후론 다시 동생 집을 찾지 않았다. 놀라기도 했고 자존심에 상처를 받은 엄마는 심장 판막을 앓게 되었다. 엄마의 병은 점점 깊어져 40대 중반에 이르러서는 회복 불가능하게 되었고 수희가 고등학교에 입학하던 해 엄마는 돌아가셨다. 엄마 장례를 치르고 반년쯤 지났을 때 아버지는 젊은 여자와 결혼식을 올렸다. 처녀니까 결혼식을 올려야 한다는 여자 쪽 주장이 너무 강해 그렇게 따랐다 한다. 그리고 그 소문은 수희 귀에 들려왔다. 아버지가 결혼식을 하기 위해 집을 비우고 있을 때 수희는 혼자 학교에 다녔다. 쌀쌀한 기운이 감도는 초겨울 어느 날, 학교로 가기 위해 골목길을 걸어가던 수희는 택시에서 내리는 아버지와 마주쳤다. 그때 자신을 바라보던 아버지의 눈빛, 수희는 골목길을 뛰어나와 길바닥에 주저앉았다. 목이 터질 것같이 아파 왼손으로 목을 꽉 감쌌다. 그런데 손바닥도 칼로 찌르는 것처럼 아파 왔다.

 수희는 차를 몰며 옛날에 있었던 일을 회상했다. 가슴의 통증을 이기지 못해 방바닥을 뒹굴던 엄마의 모습, 어색한 웃음을 지으며 자신을 바라보던 아버지의 눈빛이 겹쳐 시야를 가렸다. 이 두 사람은 부부란 이름으로 한 생을 같이 살았구나! 부모님 모습을 떠올리던 수희는 다시 송이의 애절한 목소리를 듣고 있었다. 선생님, 저 좀 어떻게 해 주세요. '그래, 송이야. 너를 아프게 하는 게 뭔지는 모르지만 내가 너를 구해 줄게. 나는 네가 지금 얼마나 아픈지 알고 있거든.' 두 눈에 가득 고였던 눈물이 뺨을 타고 흘러내렸다. 수희는 마음을 다잡고 운전에 마음을 모았다.

 수희가 보육원에 있을 때 영아반을 맡았다. 수희가 맡은 반에는 영아가 네 명이 있었다. 그 네 명 중 한 명이 송이였다.

탯줄을 막 뗀 상태에서 보육원에 왔으니 송이는 세상에 태어난 지 10일쯤 돼서 엄마로부터 버림을 받았다. 포대기에 싸여 보육원으로 오는 영아들은 태어난 년, 월, 일, 시가 적힌 쪽지를 꼬리표처럼 달고 온다. 그런데 송이는 그런 꼬리표도 달고 있지 않았다. 출생 연월일시를 알려 주는 배려마저도 엄마로부터 받지 못했다. 송이를 받은 수희는 보육원으로 온 날로부터 거슬러서 10일 전을 출생일로 하고, 시는 보육원으로 온 시간, 그러니까 아침 7시로 했다. 그래서 송이의 출생 연월일은 2015년 10월 10일이고 출생 시는 오전 7시. 송이가 만약 사주를 본다면 그 사주 년 월 일 시는 수희가 지어 준 대로가 될 것이다. 사주가 맞는다면 그렇게 지어 준 사주도 맞을 수 있을까? 송이라는 이름도 수희가 지어 주었다. 성은 원장 성을 따서 한 씨로 하고 이름은 송이로 했다. 한 송이 꽃처럼 예쁘게 살라는 마음에서였다.

 예경다원을 떠난 지 5시간 정도 지나 수희는 보육원에 도착할 수 있었다. 주차장에 차를 세우고 보육원 안으로 들어선 수희는 사무국에 들러 송이를 만나게 해 달라고 부탁했다. 보육원을 떠난 후로도 계절이 바뀔 때마다 보육원을 찾았으므로 사람도 공간도 친숙했다. 사무국에서 잠시 기다리고 있을 때 송이가 들어왔다. 개천절이라서 송이는 학교에 가지 않고 보육원에 있었다. 바로 만날 수 있다는 사실이 누군가의 배려처럼 고맙게 느껴졌다. 수희를 본 송이는 쓰러지듯 수희 품에 안겼다. 그러곤 숨도 쉬지 않고 수희 가슴에 뺨을 대고 있었다.

"송이야, 우리 밖으로 나가자. 밖에 나가서 얘기하자."

수희는 가슴에서 송이를 떼 내며 그의 손을 꼭 잡았다. 그러자 송이도 순순히 밖으로 따라 나왔다. 두 사람은 오동나무 아래에 놓여 있는 벤치에 가서 나란히 앉았다.

"그동안 무슨 일이 있었는지 얘기해 봐."

"진이 엄마가 와서 진이를 데려갔어요. 저 혼자서는…."

저 혼자서는 제 마음을 어떻게 할 수가 없었어요. 그래서 편지를 썼어요. 수희는 송이 다음 말을 마음으로 듣고 있었다.

"잘했어. 그런데 진이가 간 건 언제야?"

"5일 됐어요. 지난주 월요일에 갔어요."

"난 송이가 얼마나 마음이 아팠는지 알고 있어. 나도 송이와 같은 경험을 했거든."

"…?"

송이가 수희 가슴에서 얼굴을 떼고 쳐다봤다.

"고등학교 2학년 때였으니까 송이보다 세 살 더 먹었을 때야. 엄마가 돌아가셨는데 반년쯤 후 아주 슬픈 일이 생겼어. 그때 나는 목이 터질 듯이 아파서 땅바닥에 주저앉아 왼손으로 목을 꽉 눌렀어. 그런데 목을 누르고 있는 손이 칼끝에

찔린 것처럼 저리는 거야. 그래서 난 송이가 지금 얼마나 슬픈지를 알고 있어. 우린 같은 경험을 했거든."

수희 말이 끝나자 송이가 수희 가슴에 얼굴을 묻고 두 팔로 수희 몸을 확 끌어안았다. 한참 동안 수희 가슴에 안겨 심장의 박동 소리를 듣고 있던 송이가 고백처럼 말했다.

"엄마보다 더 좋은 내 선생님."

송이가 보육원에 들어온 지 보름 조금 지났을 때 또 한 아이가 포대기에 싸인 채 보육원 대문 앞에 놓여 있었다. 그 아이는 태어난 지 한 달 정도 된 아이로 생년월일 밑에 '이름은 어떻게 지어야 하는지 몰라서 안 지었어요. 예쁜 이름으로 지어 주세요.'라고 쓴 쪽지가 들어 있었다. 수희는 쪽지를 보면서 미혼모가 낳은 아이일 거라는 생각을 했다. 미혼모를 떠올린 순간 아이 엄마는 학생일지도 모른다는 생각이 연상 작용처럼 떠올랐다. 아이는 영아반을 맡은 수희한테 배정되었고, 수희는 아이 이름을 참된 마음으로 살라는 뜻으로 진이라고 지어 주었다. 진이는 송이보다 정확히 한 달하고 이틀 먼저 세상에 나왔다. 두 아이는 수희가 먹이는 우유를 같이 먹고 자랐고, 나란히 놓여 있는 포대기에서 잠자고 옹알이하고 파닥거리는 운동도 같이하면서 자랐다. 두 아이는 뒤집기도 같이했고 배밀이도 같이했다. 그리고 빨간 얼굴로 일어나 첫발을 내딛는 일도 거의 같이했다. 목욕도 같이했고 옷을 갈아입는 일도 같이했다. 쌍둥이처럼 자란 두 아이는 눈만 뜨면 서로의 얼굴을 제일 먼저 바라봤다. 사람한테 가장 오래 기억에 남아 있는 건 젖을 먹을 때 맡았던 엄마의 체취라고 한다. 엄마를 그리워하는 건 기억 가장 깊은 곳에 저장되어 있는 체취 때문이라는 것이다. 송이와 진이는 엄마의 체취를 맡진 못했지만 자신을 보듬고 우유를 먹여 준 수희의 체취는 같이 맡았다. 그래서 두 아이 기억 가장 깊은 곳에 저장되어 있는 그리움은 어쩌면 같은 것일지도 모른다.

두 아이는 여섯 살이 되었을 때 유아반으로 옮겨졌다. 하지만 수희와는 같은 보육원에 있었기 때문에 늘 함께 부대끼면서 생활했다. 자아의식이 형성되고 소유개념이 생기면서 송이와 진이는 토닥거리기도 했지만 다른 아이가 송이한테 해코지를 하면 진이가, 진이한테 해코지를 하면 송이가 득달같이 달려들어 편을 들어 주었다. 이 세상에서 무조건 내 편을 들어 주는 사람이 송이한테는 진이고, 진이한테는 송이였다. 세상 모든 사람이 다 그렇지만 특히 보육원에서 내 편이 있음을 확인한다는 것은 삶의 기쁨, 삶의 용기 그 자체다. 두 아이는 7살 때 초등학교에 입학했다. 보육원 바깥세상과 처음으로 맞대면한 것이다. 아이들은 학교 수업이 끝나면 각자 엄마들이 학교에 와서 자기 아이를 데리고 자기 집으로 간다는 것을 처음으로 알았다. 그리고 그 집에는 자기만의 아버지 자기만의 엄마가 있고, 자기만의 형과 자기만의 동생이 있음도 알았다. 송이와 진이는 처음으로 자신들이 사는 보육원과 다른 세상이 있다는 것을 알았다. 그러면서 자신들이 버려진 존재라는 것을 어렴풋하게 알게 되었다. 학교에 가면 눈에 보이지 않는 손가락이 자신들을 가리키며 버려진 아이, 보육원에 사는 아이, 하며 수군댔다. 하지만 버려진다는 개념을 받아들이고 이해하기까지는 시간이 좀 더 필요했다. 그러다가 그 개념을 확실하게 받아들인 것은 수희 선생이 보육원을 떠나 강릉으로 가면서였다. 그때 두 아이는 버려진다는 게 어떤 것인지를 비로소 알았다. 그건 땅바닥에 그냥 패대기쳐지는 것이었다.

　땅바닥에 패대기쳐진 두 아이는 흐르는 시간 속에서 서로 끌어안고 몸을 일으켰다. 그러면서 아프게 결속되어 갔다. 학교에서는 공부 잘하는 걸 가장 귀하게 여겼다. 공부만 잘하면 선생님도 친구들도 다 귀한 존재로 떠받들었다. 그건 보육원도 마찬가지였다. 학교에 가서 공부 잘하는 원생은 선생님늘이 다 칭찬하며 예뻐했다. 그 사실을 알게 된 송이와 진이는 열심히 공부했다. 열심히 공부하는 일은 특별히 힘든 일이 아니었다. 마음을 먹고 하면 됐다. 송이와 진이는 학교로부터 보육원으로부터 귀한 존재가 되기 위해 열심히 공부했다. 그러자 성적이 오르고 주위 사람들의 시선이 자신들에게로 집중되었다. 주위로부터 존중받는 존재가 된 것이다.

그렇게 세월이 흘러 두 아이는 나란히 중학교에 입학했다. 어린이에서 소녀가 된 것이다. 소녀가 되면서부터 몸에도 마음에도 변화가 생겨 고통스러웠다. 하지만 공부하는 일만은 놓지 않았다. 이제 송이와 진이는 어디에 가든 공부 잘하는 아이, 똑똑한 아이, 장래가 촉망되는 아이로 평가받고 있었다. 그 모든 변화의 과정에서 수희 선생은 자신들을 지켜주는 유일한 등불이었다. 수희 선생은 강릉으로 내려간 후에도 계절이 바뀔 때면 꼭 찾아와 하룻밤, 혹은 이틀 밤을 같이 자면서 자신들의 마음을 읽어 주었다. 자신들의 마음을 가장 또렷하게 읽는 유일한 분, 그분이 바로 수희 선생이었다. 수희 선생은 보육원에 올 때면 꼭 좋은 책을 가져 와 읽으라고 권했다. 그리고 3개월 후에 와선 읽은 책을 놓고 마음의 대화를 나눴다. 빵집에서 맛있는 빵을 먹으면서 할 때도 있었지만 맛있는 간식거리를 사서 공원 벤치에서 할 때가 더 많았다. 그 일을 반복하자 송이와 진이는 책을 읽는 일은 자신 안에 있는 마음을 행복하게 하는 거라는 걸 알게 되었다. 그 사실을 알고 난 후부터 송이와 진이는 수희 선생이 골라준 책뿐 아니라 학교 도서관에 있는 책도 열심히 골라서 읽었다. 그러자 도서관 사서 선생이 송이와 진이한테 관심을 가지며 예뻐해 줬다. 송이와 진이는 그 사실이 너무 기뻐 열심히 도서관을 들락거리며 책을 대여해 갔다. 그렇게 한 학기, 두 학기, 세 학기가 지나가자 자신들이 반 아이들과는 비교가 되지 않을 만큼 높은 지적 수준에 올라 있음을 알았다. 책은 자신들을 변화시키는 위대한 힘을 지니고 있었다.

수희 선생은 계절이 바뀔 때면 어김없이 보육원을 찾아와 송이와 진이가 읽은 책 목록을 점검하고 기뻐했다. 그러면서 자신이 안 읽은 책이 있으면 자신도 읽어야겠다고 하면서 책 제목을 적어 갔다. 마음과 마음의 교류, 이제 세 사람은 마음을 교류하는 수평의 친구가 되었다. 수희 선생은 책 내용을 토론하는 외에 강릉에서 경험했던 얘기를 들려주기도 했다. 수희 선생과 마음의 대화를 나누고 나면 송이와 진이는 자신들의 마음이 자라고 있음을 느꼈다. 마음이 자라고 있음을 느끼는 것은 세상 무엇과도 바꿀 수 없는 행복이었다. 그래서 두 아이는 자신 안에서 행복을 만드는 힘을 조금씩 키워 가고 있었다.

그런 어느 날, 진이 엄마라고 하는 여인이 보육원에 와서 진이를 데려갔다. 그 일은 오래전부터 진행되고 있었던 듯 유전자 검사도 이미 마쳤다고 했다. 원장이 진이 머리카락 한 올을 엄마에게 넘겨줘서 유전자 검사를 하게 했다는 것이다. 진이는 보육원을 떠나는 날 송이를 꼭 껴안고 송이 얼굴에 자신의 얼굴을 대고 미동도 하지 않고 있었다. 1분 2분 3분….
"그만 가자." "진이야, 그만 가재도." "시간이 너무 지체됐어. 빨리 가자." 그래도 두 아이가 떨어지지 않자 진이 엄마는 아이한테로 다가가 진이 어깨를 낚아채 둘을 떼어 놓았다. 그리고 팔을 끌고 보육원 밖으로 나가 강제로 차에 태웠다.

"원장님, 감사합니다. 선생님들도 감사합니다. 안녕히 계세요."

진이 엄마는 차창 밖으로 얼굴을 내밀고 이렇게 인사한 후 차에 시동을 걸었다.

진이가 떠나가자 송이는 손바닥으로 가슴을 움켜쥐더니 땅바닥에 스르르 주저앉았다. 서 있던 작은 나무 반이 찢기는 광경을 목도한 사람들은 아무도 송이 가까이 다가가 위로하려는 엄두를 내지 못했다. 송이는 그렇게 진이와 이별 의식을 치렀다.

진이가 보육원을 떠나던 날 얘기를 들은 수희는 자신도 모르게 입술을 꽉 깨물었다. 설명할 수 없는 감정이 복받쳐 올라왔다. 진이가 엄마를 따라간 건 축하해 줄 일이지만 뭔지 모르게 가슴 한끝이 아팠다. 수희는 그게 송이에 대한 감정이 전이돼서 그럴 거라고 생각하며 진이 생각을 머릿속에서 지웠다. 만약 송이가 엄마를 따라가고 진이 혼자 남았다면 그때도 자신의 감정은 같았을 것이다. 진이를 다시 볼 수 없다고 생각하니 수희도 허전한 마음을 떨쳐 버릴 수 없었다. 엄마를 따라갔으니 행복하게 살겠지. 수희는 이런 말로 자신의 허전한 마음을 달랬다.

수희는 보육원에서 송이와 함께 잤다. 송이와 진이 그리고 수희의 관계를 잘 알고 있는 보육원에서는 수희가 송이와 함께 자는 걸 허락해 주었다. 학교에서 돌아와 이튿날 학교 갈 때까지 수희는 송이와 같이 있었다. 잠잘 때도 송이는 수희 손을 꼭 잡았다. 잠을 이루지 못하고 있음을 느낄 때 송이가 잡은 손을 자신의 가슴 위에 살며시 올려놓았다. 그러자 송이의 심장 뛰는 소리가 쿵 쿵 쿵 하고 수희 손바닥에 전달되었다. 살아 있음의 확실한 증명, 얘는 지금 나한테 그걸 증명시켜 주고 싶은 건가? 목이 메었다.

송이가 학교에 가자 수희는 마트에 가서 송이가 필요한 물건을 골랐다. 생리대가 제일 먼저 눈에 들어왔다. 3개월 분량의 생리대를 샀다. 수희는 다시 치약과 칫솔 그리고 비누도 샀다. 예쁜 수건도 함께. 보육원에서 필요한 물품은 배급 받지만 수희는 배급품이 아닌 송이 물건을 가지게 해 주고 싶었다. 마트를 나온 수희는 속옷 파는 가게에 가서 속치마 브래지어 팬티를 샀다. 그리고 겨울 내복도 샀다. 값을 계산하고 나오려는데 예쁜 손수건이 눈에 들어왔다. 손수건도 세 장 더 샀다. 보육원으로 돌아온 수희는 송이 소지품 함에 자신이 사 온 물건들을 정리해서 넣었다. 그러면서 낡은 팬티 2개와 브래지어 1개를 들고나왔다. 낡은 팬티와 브래지어를 송이 몸에 걸치게 하고 싶지 않았다.

학교에서 돌아온 송이는 전날보다 훨씬 밝은 표정을 지었다. 마음이 많이 안정된 거 같았다. 자신의 방에 가서 옷을 갈아입고 나온 송이가 수희 곁으로 다가와 배시시 웃었다. 사물함에 정리되어 있는 물품들을 본 거 같았다. 수희도 송이를 향해 미소 지었다. 행복감이 교류됐다. 저녁 식사가 끝났을 때 수희는 송이를 데리고 오동나무 밑에 있는 벤치에 가 앉았다.

"1학기 성적도 일등?"

수희가 엄지손가락을 치켜들자 송이가 웃으며 고개를 끄덕였다.

"넌 참 대단하다. 어떻게 하면 일등을 하니? 방법 좀 가르쳐 줘라."

"선생님도 지금 일등을 하고 계시잖아요."

"내가? 어디서?"

"선생님 자리에서요."

"넌 나보다 더 어른 같은 말을 하는구나. 나는 그런 말을 할 줄 모르는데."

"선생님이 주신 책에 있는 말이에요."

송이가 수희 어깨에 살며시 머리를 기댔다.

"책은 역시 좋은 거구나. 그런 말도 있고. 그치?"

"네."

"앞으로도 계속 책 읽자. 누가 더 많이 읽나 우리 한번 내기해 볼까?"

"선생님이 지금 진이 생각을 못 하게 하려고 애쓰시는 거 알고 있어요. 너무 애쓰시지 않아도 돼요. 선생님이 제 곁에 계시니까요."

"고맙다. 그런데 너는 어쩌면 나보다 더 어른 같니?"

"선생님보다 더 어른 같은 건 싫어요. 앞으론 그런 말 하지 마세요."

"알았어. 앞으론 절대로 그런 말 안 할게."

수희가 새끼손가락을 내밀자 송이가 새끼손가락을 걸었다. 두 사람은 웃으며 엄지를 찍어 마무리했다.

"서울에도 밤에 별이 뜨면 좋은데. 서울 사람들은 별을 못 봐서 안됐다."

"선생님 계신 데는 별이 많이 떠요?"

"그럼. 쏟아질 것처럼 많이 뜨지. 그런데 참 이상하지. 그렇게 많은 별이 어떻게 허공에 다 매달려 있을까? 떨어지지도 않고."

"지구도 허공에 매달려 있잖아요. 자전을 하면서요."

"그러고 보니 지구도 참 요술쟁이다. 어떻게 자기 몸을 뱅글뱅글 돌리며 태양 주위를 돌 수 있니? 한 번도 길을 잃어버리지도 않고 말이야."

"선생님 말씀을 듣고 보니 정말 그러네요. 산, 바다, 들, 그런 게 지구 같은데 어떻게 태양을 돌 수 있는 거죠? 눈이나 발 같은 것도 없는데 말이에요."

"그것도 뱅글뱅글 자신의 몸을 돌리면서 말이야."

"맞아요. 그러고 보면 지구에도 마음이 있나 봐요."

두 사람은 유쾌하게 웃었다. 유쾌하게 웃고 나니 가슴이 확 트이는 것처럼 기분이 좋아졌다. 수희와 송이는 웃고 떠들며 얘기를 나누다가 자리에서 일어났다. 겨울방학 때 강릉에 와서 방학을 같이 보내자는 약속을 남기고. 오늘 밤은 송이도 바로 잠이 들 것이다. 바로 잠이 들 만큼 마음의 안정을 얻었으니까.

송이가 학교에 가자 수희도 서둘러 보육원을 나왔다. 큰일을 치르고 난 후처럼 탈진이 되었다. 그러면서 강릉으로 내려가기엔 너무 이른 시간이라는 생각이 들었다. 어디에 가서 웃고 떠들고도 싶고 누군가로부터 위로도 받고 싶었다. 그래서 누굴 만날까, 하고 친구 얼굴을 떠올려 봤지만 딱히 만나고 싶은 친구가 없었다. '이럴 때 총장님을 만나면 좋은데 총장님한테 전화해 볼까?' 이런 생각을 해 보던 수희는 얼른 고개를 저었다. 바쁜 분이라는 생각이 제일 먼저 들어서였다. 자기는 지금 느긋하게 누군가와 대화를 나누고 싶은데 총장님은 자기의 대화 대상이 될 수 없었다. '원해 씨한테 전화해 볼까?' 원해 얼굴을 떠올리던 수희는 미소를 지으며 핸드폰을 꺼내 들었다. 전화해서 바쁘다고 해도 자기 쪽에서 괜히 전화했다고 후회하지 않을 수 있는 사람이었다. 발신음이 가자

"아, 수희 씨군요. 반갑습니다."

원해의 우렁우렁한 목소리가 들렸다.

"저 지금 서울에 왔는데 시간이 되시면 차 한잔하고 싶어서요."

"좋습니다. 지금 계시는 데가 어딥니까?"

"여기 강서구인데 40분 정도 후면 도착할 수 있을 거 같아요."

"오십시오. 그 시간쯤이면 향산도 와 있을 겁니다. 지금 오고 있으니까요."

"저도 바로 가겠습니다."

원해 목소리를 들은 것만으로도 기분이 좋아졌다. 늘 상

대방을 편하게 해 주는 사람, 원해한테는 사람을 기분 좋게 해 주는 독특한 힘이 있었다.

연구실 앞에 도착한 수희는 머리매무새를 손질하며 문을 열었다. 그러자 원해가 왼손을 번쩍 쳐들며 반겼다.

"어서 오십시오. 향산도 5분 전에 도착했습니다."

"반갑습니다. 여기서 수희 씨를 보니 더 반가운데요."

향산도 얼굴 가득 미소를 담고 반겼다.

"저도 그러네요."

수희도 미소를 지으며 두 사람과 마주 앉았다.

"강릉에 계신 분들은 다 안녕하시지요?"

"네, 안녕하세요."

"여긴 커피밖에 없는데 제가 커피를 맛있게 내려오겠습니다."

원해가 자리에서 일어나 커피를 내리러 갔을 때 탁자 위에 놓여 있는 원해 핸드폰이 진동음을 내면서 몸을 떨었다. 향산이 핸드폰을 들여다보다가 급히 말했다.

"노 기자 전화네. 전화부터 받게."

"노 기자 전화?"

원해가 핸드폰을 들었다.

"노의근입니다. 총장님한테 왔다가 강 박사님 생각이 나서 전화했습니다. 시간이 괜찮으시면 차 한잔 주십시오."

"하하하. 오늘 일진이 좀 이상한 거 같습니다. 어서 오십시오. 노 기자님이 반가워할 분이 두 분이나 와 계십니다."

저쪽에서도 하하하 하고 웃는 소리가 들리더니 전화가 끊겼다. 원해는 들고 있던 핸드폰을 다시 탁자 위에 놓고 커피 내리는 데로 갔다.

"서울엔 언제 오셨습니까?"

향산이 물었다.

"개천절에 왔으니 3일 됐네요."

"강릉에 다녀온 후로 며칠간은 정신이 몽롱했습니다. 진한 향기에 취한 거 같아서요."

그때 노 기자가 들어왔다.

"어 정말 반가운 분이 두 분이나 와 계시군요. 이 연구실에 꽤 드나들었지만 이렇게 기분 좋은 날은 처음입니다."

노 기자가 웃으며 자리에 와 앉았다.

"커피는 내가 내렸지만, 오늘 커피 맛은 각별할 거 같으니 커피부터 드십시오."

원해가 들고 온 커피를 각자 앞에 놔 주며 자리에 앉았다.

"어떻게 서울에 오셔서 3일씩이나 계셨습니까?"

"수희 씨도 서울 분이네. 서울에서 유치원부터 다닌 분이네."

원해가 웃으며 말하자

"아, 그렇습니까? 저는 약초와 함께 살고 계신 강릉분이라고 생각했습니다."

노 기자가 커피를 마시고 나서 웃었다. 기분 좋은 분위기가 연구실 안을 가득 채웠다.

"우리끼리만 시간을 보내기 아까운데 손 교수도 오라고 해 볼까요? 지금 학교에 계실 텐데요."

원해가 핸드폰을 들며 말하자

"좋은 생각입니다. 그럼 저는 송혜륜 작가한테 전화를 해 보겠습니다. 시간이 되면 이리로 오라고요."

"그래 보십시오."

두 사람 다 전화를 했고, 두 사람 다 만족한 표정을 지었다. 두 사람 다 온다고 해서였다.

커피를 마시며 가벼운 대화를 나누고 있을 때 노 기자가 정색하고 말했다.

"총장님을 뵐 때마다 느끼는 감정인데 그분은 참 독특한 삶을 살고 계신 거 같습니다. 국민의 반을 성인 쪽으로 끌고 가시려 하니…. 그런 생각을 하는 분이 총장님 말고 또 있을까요?"

"성인이라는 말은 듣기에 따라 오해할 소지가 있으니 제가 보충해 말하겠습니다. 성인이 되기란 쉽지 않지만 성인을 닮으려는 노력은 누구나 할 수 있다고 보시는 거죠. 가치관만

정립시켜 주면요. 그럼 왜 성인을 닮으려고 노력해야 하는가? 그래야만 자기 자신이 삶의 주인공으로 살 수 있기 때문입니다. 추구하는 행복도 자신의 행복으로 만들 수 있고요. 저번에 송 작가가 부모님 얘기를 했는데 저는 그 얘기를 듣고 큰 감동을 받았습니다. 그분들이 총장님이 추구하는 이상사회의 주인공 같다는 생각이 들어섭니다. 만약 많은 사람이 송 작가 부모님처럼 산다면 그런 삶을 사는 본인들은 진정한 행복을 느끼게 될 겁니다. 남의 흉내를 내지 않는 자기만의 행복이죠. 그런 사람들이 사회의 반을 이루고 있다고 상상해 보십시오. 그렇다면 정말 행복한 공동체가 되지 않겠습니까? 총장님이 국민의 반으로 생각한 것은 반이 넘으면 그 기운이 사회의 주류를 이룰 수 있다고 보신 거죠."

"강 박사 설명을 듣고 나니 제 머릿속이 확실하게 정리가 됩니다. 송 작가 부모님은 고등학교 교사라고 했는데 고등학교 교사는 지식인 그룹에는 속하지만 특수한 계층은 아닙니다. 그런데도 그분들은 특수한 계층들이 실천하지 못하는 일을 실천하고 있습니다. 그 힘이 어디에서 오는 걸까요?"

"저는 그걸 독서의 힘이라고 봅니다. 두 분은 서로 좋은 책을 권하고 좋은 책을 읽고 나면 서로 토론을 한다고 하는데 그 과정에서 정신적인 힘이 길러진다고 보고 있습니다."

원해 얘기를 듣고 수희가 천천히 고개를 끄덕였다. 송이와 진이 얼굴을 떠올리면서.

"강 박사 얘기를 듣고 나니 생각나는 게 있습니다. 총장님은 이상사회를 만드는 요건 중에 인 의 예 지 신을 들더군요. 옛 어른들도 좋은 사회를 만들기 위해 현대인들만큼 고민을 했다고요. 그래서 그분들이 얻어낸 답이 지금 우리한테도 그대로 유효하다는 것입니다. 총장님은 좋은 공동체를 만들어 가는 구성원이 되기 위해서는 인과 예를 실천해야 한다고 하셨습니다. 인은 따듯한 마음, 자비나 사랑이라는 말로도 표현되는데 따뜻한 마음이란 생명을 살려 내는 마음이라는 거죠. 이해 관용 포용 베풂 배려 뭐 이런 거라고 할까요? 아무튼 생명을 살려 내는 마음을 따뜻한 마음이라 하시더군요. 그리고 예는 우리가 알고 있는 그대로 예의를 지키는 것을 말한답니다. 서로의 생명을 살려 내고자 하는 마음과 서로를 존중하는 예의를 갖춘 사람들이 공동체의 구성원이 된다면 그 공동체는 이상적인 공동체가 될 수 있다는 것입니다. 그리고 거기에서 한 걸음 더 나가 개인의 이익보다는 공공의 이익을 우선하고, 옳은 일을 실천에 옮기려는 굳건한 신념이 있는 사람은 모든 사람이 신뢰하고 존경하게 돼서 그 공동체의 지도자가 될 수 있다는 겁니다. 이렇게 인 예 의 신을 실천하게 하는 것은 지혜기 때문에 지혜를 키우기 위해 공부를 해야 한다는 거죠. 그래서 우리나라에서는 옛날부터 향교 서원 성균관을 전국 각처에 두고 국민을 교육했다고 합니다. 아까 송 작가 부모님이 지혜로운 삶을 사는 원동력이 독서라고 하셨는데 그 말은 아주 정확한 지적이라고 생각합니다."

노 기자가 긴 얘기를 했다. 그러자 모두 생각하는 표정을 지으며 그 말을 받아들였다.

"노 기자님이 처음에 총장님의 삶이 독특하다고 하셨는데 제가 생각하기에도 그분의 삶은 독특하다는 생각이 듭니다. 당신이 재직하고 있는 학교 학생들도 아니고 국민의 반을 성인을 닮아 가게 하는 의식 운동을 펴려 하시니 얼마나 독특하신 분입니까?"

향산이 말했다.

"그런 걸 가리켜 원생이라 하더군요. 원생의 반대되는 말은 업생인데 대부분의 사람들은 자신이 지은 업에 의해 생을 받고 또 업을 지으면서 살아가는데, 원생의 삶을 사는 사람들은 업생에서 벗어나 좋은 세상을 만들기 위한 원력에 의해 이 세상에 왔기 때문에 그런 분들은 평범한 사람들의 삶과는 다른 삶을 살게 되는 거죠. 평범한 사람들이 자신을 위주로 한 삶을 살고 있다면 원생으로 오신 분들은 타인을 위해, 사회 전체를 위해 유익한 일을 하려고 왔기 때문에 근본적으로 삶 자체가 다르게 되죠."

"강 박사님의 설명을 듣고 나니 제 머릿속이 다시 정리됩니다. 고맙습니다."

노 기자가 원해를 향해 머리를 숙였다.

"원 별말씀을요."

원해가 밝게 웃을 때 손 교수가 들어왔다. 손 교수는 노 기자 향산 수희까지 와 있는 걸 보고 눈을 크게 떴다.

"어찌 된 일입니까? 강 박사 연구실이 예경다원으로 바뀐 거 같습니다."

손 교수가 밝게 웃으며 자리에 앉았다.

"조금 더 기다려 보십시오. 그럼 확실하게 그렇다는 생각이 드실 겁니다."

원해가 말하자

"그건 또 무슨 말씀이십니까?"

손 교수가 물었다.

"이제 곧 혜륜 씨도 저 문으로 들어올 거니까요."

원해가 웃을 때 거짓말처럼 혜륜이 문을 열고 들어왔다. 그러자 방 안에 있던 사람들은 거의 동시에 하하하 하고 웃었다. 혜륜이 어리둥절하여 문 앞에 서 있자

"어서 자리에 앉으십시오. 제가 두 분을 위해 맛있는 커피를 내려오겠습니다."

원해가 다시 자리에서 일어났다. 늦게 온 혜륜은 손 교수

와 마주 앉았다. 자세를 바로 하며 가방을 무릎 아래로 내려놓던 혜륜은 자신을 바라보는 손 교수 눈과 마주쳤다. 그 순간 두 사람 시선이 떨렸다. 수희는 그런 두 사람 시선을 바라보며 고개를 갸웃했다.

"이번 커피는 어쩐지 향이 더 진하게 납니다."

원해가 기분 좋게 웃으며 들고 온 커피를 두 사람 앞에 놓아 주었다. 방안엔 웃음소리와 함께 화기애애한 얘기가 오갔다. 그럴 때 혜륜이 수희를 보며 물었다.

"해인스님도 안녕하신가요? 상지 보살님도요."

"예, 두 분 다 안녕하십니다."

"저는 해인스님을 생각하면 지금도 숨이 막혀요. 인간의 모습이 어떻게 그토록 아름다울 수 있죠?"

혜륜은 두 손을 무릎 위에 가지런히 놓으며 쳐다봤다.

"저도 해인스님을 보면서 숨이 막혔는데 혜륜 씨 말을 듣고 나니 그게 아름다움에 대한 감동이었군요. 그랬던 거 같습니다."

향산이 동조했다.

"아름다움이라는 말은 숭고함이나 거룩함이라는 말보다 훨씬 상위 개념인 거 같아요. 제가 느끼는 감정은 그래요."

혜륜이 커피잔을 들며 말했다. 그러자 모두 해인스님 모습을 떠올리며 머리를 끄덕였다.

"저는 손 교수님 노래를 듣고 숨이 막혔어요. 어떻게 사람 목에서 저런 소리가 나올 수 있을까, 하고요. 손 교수님 동심초를 한 번 더 듣고 싶은 게 제 소망이에요."

수희가 손 교수를 보며 미소 지었다. 그러자 모두 어리둥절한 얼굴로 두 사람을 쳐다봤다.

"지난번 총장님과 강릉에 갔을 때 예경원에 먼저 들렀습니다. 그때 제가 동심초를 불렀습니다."

손 교수가 쑥스럽게 웃었다.

"그럼 여기서도 한번 불러 주십시오. 손 교수 동심초를 한 번 더 듣고 싶은 게 수희 씨 소망이라고 하지 않습니까?"

원해가 청했다.

"그러죠. 불러 드리겠습니다."

손 교수는 자리에서 일어나 벽 쪽에 가 섰다. 그리고 잠시 눈을 감고 감정을 조절하더니 동심초를 불렀다.

> 꽃잎은 하염없이 바람에 지고
> 만날 날은 아득타 기약이 없네
> 무어라 맘과 맘은 맺지 못하고
> 한갓되이 풀잎만 맺으려는가
> 한갓되이 풀잎만 맺으려는가

바람에 꽃이 지니 세월은 덧없어
만날 날은 뜬구름 기약이 없네
무어라 맘과 맘은 맺지 못하고
한갓되이 풀잎만 맺으려는가
한갓되이 풀잎만 맺으려는가

  노래를 부르고 있는 손 교수 두 눈에 눈물이 가득 고였다. 모두 감동에 젖어 할 말을 찾지 못하고 있을 때 혜륜이 고개를 숙이며 얼굴을 감쌌다.
  "상지 보살님은 저보고 고독의 강을 잘 건너라고 하시더군요. 다치지 말고요. 그 말을 듣는 순간 비로소 제 고독을 이해받았다는 생각이 들었습니다."
  손 교수는 눈물이 가득 고인 눈으로 고백하듯 말했다.

  석양이 거실 안에 깊숙이 들어와 있다. 거실 안은 밝고 아늑하다. 수희 설명을 듣고 난 상지 보살은 천천히 머리를 끄덕였다.
  "이번 서울 나들이는 유익했네."
  "저도 그랬다는 생각이 듭니다. 원해 씨 연구실에서 좋은 분들을 만나서 더욱 그랬고요."

"옥분 씨는 잘 지낸대?"

"네. 병원 생활도 잘하고 있고 아이도 어린이집에 다닌다고 합니다."

"다행이네."

상지 보살은 옥분이가 보낸 편지를 떠올리며 말했다.

제가 맡고 있는 영아반엔 제 딸과 같은 또래의 영아들이 6명 있습니다. 제 딸은 엄마와 함께 생활하는데 다른 영아들은 엄마가 없이 혼자 살고 있어요. 배밀이를 하거나 기어 다니거나 겨우 걸음을 옮기는 아이들이요. 엄마 없이 살고 있는 그 아이들 속에 엄마와 함께 살고 있는 제 아이가 너무 염치없게 보였어요. 저는 그게 괴로워 혼자 고민하다 보육원을 그만두기로 했습니다. 병원에 가서 일하는 게 나을 거 같아서요. 제 말을 듣고 선생님은 이렇게 말씀하시겠죠. 다른 아이들도 딸처럼 똑같이 사랑하면 되지 않느냐고요. 저도 그런 생각을 많이 했습니다. 하지만 그건 제 모습하곤 달랐어요. 제 딸이 다른 아이하고 놀다가 울면 저는 저도 모르게 제 딸을 안고 달랬어요. 그러면서 딸을 울린 아이를 순간적으로 노려보는 저를 보게 됐어요. 저는 그런 제 모습이 너무도 싫어 보육원을 떠나기로 결심했습니다. 마침 저희 동네에 있는 의료원에서 간호사를 채용한다 해서 원서를 냈는데 됐습니다. 보육원 아이들을 끝까지 돌보지 못하고 떠나는 저를 용서해 주십시오. 수희 씨한테는 따로 편지를 썼습니다.

"돈이 생명을 살려 내는 위대한 힘을 지니고 있다는 걸 알았어요. 자비나 사랑이 할 수 없는 일을요."
수희가 말했다.
"그건 우리가 사는 세상이 현상세계이기 때문이야. 현상세계는 정신과 물질이 공존하는 세계거든."
"그럼 현상세계가 아닌 진여의 세계엔 물질의 위력이 없겠네요."
"물론이지. 거기선 돈이 위력을 발휘할 수 없겠지. 돈 자체가 아예 없으니까."
"그러네요. 전 정신만 강조하는 게 부당하게 느껴졌어요. 옥분 씨 경우를 보면서 더욱 더요. 그래서 혼자 혼란을 느껴왔어요."
"정신과 물질은 균형을 갖춰야 해. 그게 현상계 안에서의 생존 법칙이야. 그런데 현상계 안에서 사는 사람들은 물질 쪽으로 훨씬 더 기울어져 있거든. 그러다 보니 탐욕을 제어할 수 있는 정신력이 약해져 있는 거야. 탐욕을 제어하지 못하면 개인은 물론 개인이 모여 있는 공동체도 결코 행복해질 수 없어. 그래서 정신력의 증장을 강조하게 되는 거야."

"그럼 한 가지만 더 여쭤볼게요. 불교에서는 무소유를 강조하는데 무소유가 정말 최상의 가치일까요? 열심히 벌어 여유가 생기면 그걸 좋은 데 쓰는 게 아무것도 소유하지 않은 삶보다 훨씬 더 가치 있는 거 같은데요."

"무소유란 아무것도 소유하지 말라는 게 아니고 소유에서 자유로워지라는 거야. 소유에 자유롭다는 말은 탐욕에 매이지 말라는 얘기와 같아. 탐욕에 매이면 아무리 많이 소유해도 다른 사람한테 시선을 돌릴 수 없거든. 그렇게 한 생을 산다면 물질을 많이 소유한 게 무슨 의미가 있겠어?"

"지금 하신 말씀을 듣고 나니 혜륜 씨 부모님의 삶이 이해되네요. 욕망을 제어하면서 마음 안에 여백을 만들려고 노력하는 삶이요. 그런 노력을 하지 않으면 마음은 욕망으로 가득 차 있겠죠."

"그렇겠지. 그걸 아는 건 자신을 사랑하는 방법을 안 거와 같아. 그게 바로 지혜야."

두 사람이 물질의 소유에 대해 얘기를 나누고 있을 때 장 노인이 마당으로 들어섰다. 장 노인은 예경원 약초를 관리하는 사람이다. 3백여 종의 약초를 채취하는 일도, 새로운 약초를 심는 일도 장 노인이 알아서 한다. 그리고 그 일을 상지 보살과 의논한 적이 한 번도 없다. 상지 보살과 장 노인 사이에는 그런 일이 묵계처럼 되어 있어서 아무도 그 일을 가지고 문제 삼지 않았다. 그러다 연말쯤 되면 장 노인은 상지 보살이 생각하기에 액수가 크다고 할 정도의 목돈을 가지고 와 상지 보살한테 준다. 그가 가지고 오는 돈은 대개 포대에 담겨 있는데 그 안엔 5만 원 권부터 천 원짜리 지폐까지 다양하게 들어 있다. 장 노인이 상대하는 유일한 사람인 최 사장이 갖다 주는 대로 담아 놓았다가 연말에 들고 오는 듯했다. 장 노인은 원래부터 약초꾼이었다. 강릉 인근의 산을 돌며 약초를 채취하는 일을 하면서 살았는데 예경원이 생기면서부터는 주로 예경원 일을 돌보고 있다. 장 노인은 깊은 계곡 중턱에 오두막을 지어 놓고 혼자 살고 있다 했다. 그러면서 혼자 수련을 한다고 하는데 그가 하는 수련이 어떤 것인지는 아무도 모른다. 예경원 위에는 법운사가 있지만 법운사에 가는 걸 한 번도 본 적이 없다. 그런 걸로 봐 그가 하는 수련은 불교하고도 무관해 보인다. 그는 햇빛이나 바람처럼 예경원에 와서 머물다 일이 끝나면 흔적을 남기지 않고 가 버린다. 그래서 그가 식사를 하고 오는지, 가서 하는지도 모른다. 그런 그가 오늘은 상지 보살을 만나려는 듯 마당 안으로 들어서고 있다. 장 노인이 현관까지 오자 수희가 얼른 나가 맞았다.

"어서 오세요. 보살님은 안에 계세요."

수희가 현관에 서서 자신을 맞이하자 장 노인은 수희 얼굴을 뚫어지게 쳐다봤다. 처음 있는 일이라 수희는 당황해하며 얼른 몸을 돌려 안으로 들어갔다. 그러자 장 노인도 신을 가지런히 벗어 놓고 거실로 들어왔다.

"어서 오세요. 저한테 하실 말씀이 있으신가요?"

상지 보살도 일어나서 장 노인을 맞았다. 그러나 장 노인은 상지 보살 말에는 대꾸하지 않고 소파에 와서 앉았다.

"차를 한 잔 드릴까요?"

수희가 자리에서 일어나려 하자 장 노인은 그냥 자리에 앉아 있으라는 듯 손으로 수희를 일어나지 못하게 했다. 그러면서 수희 얼굴을 다시 뚫어지게 바라봤다.

"…."

수희가 민망해하며 장 노인의 시선을 피하자 장 노인이 독백하듯 말했다.

"지난 생애서 보살님이 제 생명을 지켜 주었습니다. 보살님이 제 생명의 은인이었습니다."

"…."

뜻밖의 말을 들은 수희가 할 말을 찾지 못하고 멍하니 장 노인을 바라봤다.

"수련을 하다 보니 제 전생이 보이고, 보살님이 제 생명을 지켜 주는 게 보이더군요. 고맙습니다. 비천한 저를 지켜 주셔서요."

마음이 너무 아파요 115

장 노인은 이렇게 말하고 나서 소파에서 나와 무릎을 꿇으며 고개를 숙였다. 생명의 은인에 대해 지극히 예경을 올리는 모습이었다.

"너무나 뜻밖의 말을 들어서 무슨 말을 해야 할지 모르겠네요. 의자에 앉으세요."

수희는 자리에서 일어나 장 노인 팔을 잡아 일으켜 소파에 앉혔다. 장 노인이 자리를 잡고 앉자 상지 보살이 물었다.

"전생에 장 옹을 도운 사람이 수희라는 걸 어떻게 아셨어요?"

"전생의 모습이 보이고, 현생의 모습이 보이고, 마지막에 확신이 들었습니다."

"그러셨군요."

상지 보살은 장 노인의 말을 수긍했다. 그러면서 생각에 잠겼다. 방안엔 긴 침묵이 흘렀다. 그때 장 노인이 말했다.

"보살님이 하시는 일을 제가 돕겠습니다. 보은을 할 수 있도록 꼭 기회를 주십시오."

장 노인이 수희를 보며 간곡히 청했다.

"수희 주변에는 수희 도움을 필요로 하는 사람들이 모여들 겁니다. 그때 장 옹이 할 수 있는 일을 하세요."

상지 보살은 미래가 보이는 듯 이렇게 정리해 주었다.

"그러겠습니다."

장 노인은 허리를 깊숙이 숙이며 상지 보살의 말을 받아들였다. 그러자 수희가 상기된 얼굴로 장 노인을 바라봤다. 자신의 미래를 두고 하는 약속을.

4

10지품 전단계

법석을 차리다

생명의 '실상'

10지품 전단계

해인스님이 결가부좌를 하고 법석에 앉아 계신다. 스님 주위가 고요하다. 고요함이 향기롭다. 반안(半眼)을 뜨고 정좌하고 계신 스님 모습이 아름다워 숨이 막힌다. 대중은 그런 스님 모습을 경건한 마음으로 바라본다. 잠시 후 선정에서 깨어난 스님이 대중을 둘러본다. 상지 보살, 박광효 총장, 향산, 노의근 기자, 송혜륜, 강원해, 손지운 교수, 수희 모습이 차례로 시야에 들어온다. 해인스님은 미소를 지으며 한 사람 한 사람을 바라보다가 조용히 입을 여신다.

오늘은 여러분들과 약속한 대로 생명의 실상에 대해 얘기하는 첫 번째 날입니다. 생명은 우주 안에 서로 다른 모습으로 가득 차 있습니다. 그중에서 우리가 알고자 하는 생명은 인간의 생명입니다. 우리는 인간의 모습으로 존재하기 때문에 인간인 내 생명의 실상을 어떻게 이해해야 하는가는 우리 모두에게 던져진 숙제와 같습니다. 나를 지탱하고 있는 내 생명의 실상은 대체 무엇인가? 어떻게 이해하고 받아들여야 하나? 이것은 가장 원초적인 질문인 동시에 반드시 풀어야 할 핵심적인 명제이기도 합니다. 인류는 이 명제를 풀기 위해 몸부림쳐 왔다고 해도 과언이 아닙니다. 그 과정에서 종교가 탄생하고 철학이 탄생하고 각종 문화가 탄생했습니다. 근대로 들어서면서는 과학도 여기에 동참했지요. 그 일은 수천 년에 걸쳐 이루어졌지만 단일 대답은 찾지 못했습니다. 그래서 지상에는 서로 다른 종교가 공존해 있고 서로 다른 주의, 주장, 사상도 공존해 있습니다. 그건 생명의 실상을 이해하는 수준이 서로 다르기 때문이라고 생각합니다. 하지만 수준이 다르다 해서 오답이 있다는 얘기는 아닙니다. 우리가 지금 펼치고 있는 교육 제도를 보면 초등학교, 중학교, 고등학교, 대학교, 대학원, 연구 과정 등 수많은 과정이 펼쳐져 있습니다. 이렇게 서로 다른 교육 과정이 있는 것은 가르침을 수용할 수 있는 수준이 다르기 때문입니다. 초등학교 교육 과정은 중학교 교육 과정보다는 수준이 낮습니다. 그렇다고 해서 초등학교 교육 과정이 틀리거나 무의미한 것은 아닙니다. 만약 초등학교 교육 과정이 없고 대학교 교육 과정만 있다면 어떻게 되겠습니까? 많은 사람은 교육을 받지 못하는 상태에서 탈락하고 말 것입니다.

　우리가 지금 이해하려는 생명의 실상은 불교사상에 입각한 것입니다. 그러므로 다른 종교를 신봉하는 사람들은 우리의 공부법을 수용하지 않을 것입니다. 수용하지 않을 뿐 아니라 비방하고 무시할지도 모릅니다. 하지만 우린 그런 것에 마음이 흔들려서는 안 됩니다. 그건 그분들의 생각이기 때문입니다. 그리고 지난번에도 말했지만, 불교 안에서도 생명의 실상을 이해하는 방법이 다 같은 것은 아닙니다. 부처님 재세 시의 초기불교, 부처님 열반 후에 일어난 대승불교, 선불교에서는 생명의 실상을 이해하는 방법이 조금씩 다릅니다. 그러므로 같은 불교인이라 해도 지금 우리의 공부법을 비난하고 무시하기도 할 것입니다. 그것 역시 우리는 수용해야 합니다. 지금 여러분들과 같이 공부하려는 생명의 실상은 화엄경에 바탕을 두고 견성하기 이전과 이후를 갈라서 설명하고자 합니다. 화엄경에는 보살십지품이라는 경이 있습니다. 보살십지품은 견성한 보살이 열 단계의 수행 과정을 거쳐 마침내 부처가 되는 과정을 설명하고 있습니다. 그래서 견성한 후의 공부는 이 십지품을 중심으로 아홉 번에 걸쳐 설명하려 합니다. 그런데 처음부터 이 십지품을 설명하면 마치 초등교육도 받지 않은 사람한테 대학 공부를 시키는 것과 같으므로 이해하기가 어렵습니다. 그래서 오늘은 견성하기 이전의 단계를 간단히 설명하겠습니다. 이런 내용은 지난번 우리가 처음 만났을 때도 제가 말씀드렸던 것 같습니다.

불교의 생명관은 윤회를 수용하는 데서부터 출발합니다. 윤회란 자신의 생명이 일회적인 것으로 끝나는 것이 아니라 자신이 지은 업에 따라 끝없이 반복해서 이어지게 된다는 것을 말합니다. 선업을 지은 사람은 복을 받고 태어나고 악업을 지은 사람은 고통 속에서 살아야 하는 업을 받고 태어난다고 하는 것입니다. 좋은 인연을 많이 지은 사람은 좋은 사람들 속에 에워싸여 사는 행복을 누리게 되고, 악연을 많이 지은 사람은 나에게 가해를 주는 사람들 속에 에워싸여 살게 된다는 것이지요. 나를 해치려는 사람들 속에 에워싸여 살게 되면 얼마나 고통스럽겠습니까? 일하는 능력이나 지혜도 자신이 전생에 지은 것을 이어받게 된다는 것이 윤회의 개념입니다. 하지만 불교는 이 업을 고정불변한 것으로 보지 않습니다. 현상으로 드러나는 것은 직접적인 원인인 인(因)과 간접적인 원인인 연(緣)에 의해 생멸을 반복하므로 자신의 의지에 의해 변화시킬 수 있다고 봅니다.

연기작용의 설명은 공(空) 무아(無我) 무상(無常)과 연결되므로 여기서는 생략하겠습니다. 그 설명은 오늘 우리가 하려는 얘기와는 거리가 있기 때문입니다. 자신이 지은 업에 의해 윤회를 하는 것을 업생(業生)이라고 합니다. 업생의 삶을 사는 사람들을 중생이라 합니다. 자신 안에 있는 탐(貪) 진(瞋) 치(癡)가 만들어 가는 업에 의해 생을 받게 된다는 것이지요. 탐심은 탐욕이라고 할 수 있는데 이것은 끝없는 갈구를 의미합니다. 명예욕, 재물욕, 권력욕, 애욕 등이 이에 해당합니다. 만족하지 못하는 욕망, 멈추지 못하는 욕망이 탐욕입니다. 그리고 진심은 분노하는 마음, 시기 질투하는 마음, 증오하는 마음 등을 말합니다. 이 감정들은 마치 불길이 타오르는 것처럼 내 안에서 강렬하게 일어나기 때문에 나를 악업의 수렁 속으로 끌고 가게 됩니다. 내 안에서 불길처럼 타오르는 진심을 제어하기는 참으로 어렵습니다. 그래서 수많은 업을 짓게 되고 그 업에서 허덕이는 삶을 사는 걸 중생이라 합니다. 마지막으로 치심은 어리석음을 말합니다. 이 치심이야말로 고통의 근원이라 할 수 있습니다. 지혜의 반대 개념인 어리석음은 모든 사물을 잘못 판단하고 잘못 결정하기 때문에 고통의 늪 속에서 허덕일 수밖에 없게 합니다.

보통 사람들은 자신 안에서 일고 있는 탐욕과 진심과 치심을 당연한 것으로 받아들이고 있습니다. 그렇게 사는 걸 인간의 삶이라고 이해하고 있습니다. 하지만 소수의 사람은 책을 통해, 스승의 가르침을 통해, 내면의 사유를 통해 탐심과 진심과 치심에서 벗어나야 한다는 것을 알게 됩니다. 그 삼독심에 묶여 있는 한 결코 행복할 수 없다는 것을 알게 된 것이지요. 그래서 그것에서 벗어나려는 노력을 부단하게 하게 됩니다. 노력하고 또 노력해서 그 삼독심으로부터 멀어지자 내 안에 자유로움과 평화로움과 행복이 차오르는 것을 느끼게 됩니다. 그 사실을 경험한 사람은 삼독심으로부터 벗어나려는 노력을 적극적으로 하게 됩니다. 그 과정이 구도의 첫 출발점입니다. 구도의 첫 출발점에 선 사람은 마치 아이가 첫발을 뗄 때처럼 미약한 힘밖에 지니지 못합니다. 조금만 건드려도 넘어지는 힘밖에 지니지 못하지만 첫발을 뗀다는 것은 아주 중요한 의미를 지니고 있습니다. 첫발을 떼는 시점이 바로 진리에 눈뜬 시점이기 때문입니다.

자신 안에 있는 어둠에서 벗어나 밝음 쪽으로 나가야 한다는 것을 안 구도자는 부단한 노력을 계속함으로써 내면의 힘을 길러 나갑니다. 밝음 쪽으로 나가야 한다는 확고한 신념을 가지고 그쪽으로 나가기 위해 노력하면서 점점 더 강한 힘을 길러 가는 과정을 불교에서는 10신이라고 합니다. 신(信)은 믿음을 뜻하는데 그 믿음이 점점 더 힘을 받아 튼튼해지는 과정을 10단계로 본 것이지요. 힘겹게 엉덩이를 들고 일어나 첫발을 뗀 아이가 넘어질 듯 넘어질 듯 걸음을 옮기면서 마침내 방안을 마음대로 돌아다닐 수 있는 힘을 기른 것과 같다 하겠지요.

이 10신의 단계를 더욱 심화시키는 수행을 10주(住)라고 합니다. 진리에 대한 확고한 믿음이 내 안에 깊이 뿌리를 내려 탄탄하게 자리를 잡아 가는 과정을 10단계로 본 것입니다. 책을 읽기도 하고, 법문을 듣기도 하고, 깊이 사유하기도 하면서 진리에 대한 믿음을 굳건하게 뿌리를 내려 가는 과정을 거쳐 마침내 10주 자리에 이르게 됩니다. 이 10주 자리에 이른 구도자는 내면의 구도심을 더욱 증장하려는 노력을 합니다. 삼독심이 지배하는 중생의 자리에서는 행복할 수 없다는 것을 뼈저리게 안 것이지요.

진리에 대한 믿음을 확고히 한 구도자는 자신이 머리로 안 진리를 행동으로 옮겨 보고 싶은 열망을 느끼게 됩니다. 행동으로 옮긴다고 함은 몸으로도 할 수 있고, 입으로도 할 수 있고, 마음으로도 할 수 있습니다. 이것을 신(身) 구(口) 의(意)라 하는데 행동과 말과 뜻을 진리에 부합하도록 반복해서 노력하게 되지요. 그러다 보면 처음에는 잘 안 되는 행동들이 좀 더 익숙하게, 좀 더 편하게 할 수 있음을 경험하게 됩니다. 그런 경험을 통해 지금까지 느끼지 못했던 희열을 느끼게 됩니다. 아! 진리에 따라 행동하고, 말하고, 뜻을 일으키는 것이 이렇게 기쁜 것이구나! 하는 것을 알게 된 것이지요. 기쁨을 맛본 구도자는 더욱더 그렇게 행동하려 노력하게 되겠지요. 이렇게 심화시켜 가는 과정을 10단계로 보고 그걸 10행(行)이라 합니다. 이제 구도자는 진리를 행동으로 옮길 수 있는 힘을 길렀고 그 힘을 기르고 나니 무엇과도 바꿀 수 없는 기쁨을 경험하게 되었습니다. 그래서 구도자는 자신이 경험한 기쁨을 세상 사람들한테 알려 주고 싶은 욕구를 느끼게 됩니다.

이 단계가 회향의 단계입니다. 회향의 단계에 이른 구도자는 자신만이 열락의 단계에 머물러 있는 것에 회의하게 됩니다. 내가 알고 있는 이 기쁨, 내가 경험한 이 기쁨이 내 안에만 갇혀 있다면 그것이 대체 무슨 의미가 있겠는가. 다른 사람들한테도 내가 느끼는 기쁨을 알려 줘서 그들도 나처럼 진정한 행복에 이르게 하자. 이렇게 원을 세우게 됩니다. 그리고 그 원을 심화시켜 가는 과정을 10단계로 구분해 10회향(廻向)이라 합니다. 이 회향의 단계에 이르면 이타심이 작용하게 되지요. 이타심이 나를 이끌어 가는 주인이 되는 것입니다. 이 단계에 이르면 비로소 자아라고 하는 둑에 갇혀 있던 내가 세상 밖으로 나와 세상과 하나가 되지요. 그리고 그 일을 가장 가치 있는 일로 받아들이게 됩니다. 자아라는 둑에 갇혀 있던 내가 세상 밖으로 나와 세상과 하나가 되려는 노력을 하는 과정에서 구도자는 지금까지 경험하지 못했던 희열에 젖어 들게 됩니다.

처음 진리에 눈을 돌려 구도의 길에 들어선 10신의 단계, 그 믿음을 더욱 심화시켜 튼튼하게 뿌리를 내려 가는 10주의 단계, 그리고 머리로 받아들인 진리를 행동으로 옮겨 가는 10행의 단계, 자신이 터득한 진리를 세상 사람들한테 알려 주어 그들도 함께 진정한 행복에 들게 하려는 10회향의 단계, 이 네 단계가 견성 이전의 공부 단계입니다. 일반적으로 불교에서는 10주부터 현인으로 봅니다. 진리에 깊숙이 들어와 두 발을 딛고 우뚝 선 자리부터 현인으로 보는 것이지요. 그래서 10주, 10행, 10회향에 머물러 있는 구도자를 삼현(三賢)이라 합니다. 그중에서도 긴 구도의 과정을 통해 얻은 기쁨을 세상 사람들한테 알려 주어 그들로 하여금 함께 기쁨에 들게 하려는 회향의 원력을 세우고, 그 일을 꾸준히 실천에 옮기는 10회향의 구도자를 현자로 칭송합니다. 10회향에 든 구도자는 현자로서의 입지를 완성한 구도자이기 때문입니다.

지금까지 견성 이전의 구도 과정을 간단히 설명했습니다. 여러분들은 이미 구도의 과정에 깊숙이 들어선 분들이기 때문에 산승이 주마강산처럼 한 법문을 잘 소화하였으리라고 봅니다. 미진한 내용이 있으면 자리를 옮겨 서로 토론하면서 보완하십시오. 법석을 함께해 주셔서 고맙습니다.

법문을 마친 해인스님은 좌중을 향해 미소 지으며 합장했다. 선우(善友)에 대한 예경의 마음을 가득 담아서다. 좌중은 깊은 감동 속에서 스님을 우러러보며 공손히 합장배례했다.

스승에 대한 지극한 예경의 마음을 담아서다. 아름답고 향기로운 법석, 부처님과 교류하고 있는 것 같은 충만감이 장내를 가득 채웠다.

노 기자는 조용히 자리에서 일어나 방송 장비를 정돈했다.

예경다원에서 찻잔을 앞에 놓은 사람들은 행복감에 젖어 있다. 무엇을 더 보탤 것도, 무엇을 더 뺄 것도 없는 충만감이 그들 가슴속을 가득 채웠다.

"중생이라는 말은 많이 들었지만 중생이 무엇을 뜻하는지는 오늘 처음 알았습니다. 탐하는 마음과 분노하는 마음 그리고 어리석은 마음이 실타래처럼 엉켜 업을 만들고 그 업 속에 살면서 윤회를 반복하는 것이 중생이라는 사실을 말입니다."

향산이 들뜬 음성으로 말했다.

"그걸 안 자네는 중생인가? 아닌가?"

원해가 웃음을 가득 담고 짓궂게 물었다.

"질문하는 자네는?"

"나야 아니지. 내 이름을 보게. 원해(願海)가 아닌가. 중생 구제의 원력이 바다처럼 넓다는 뜻이네."

"그러고 보니 내 이름에도 비슷한 뜻이 담겨 있는 거 같네. 향산(香山), 향기가 사방에 진동하는 높은 산이면 그게 중생구제가 아닌가?"

"듣고 보니 그러네. 하하하."

두 사람은 유쾌하게 웃었다. 다른 사람들은 그런 두 사람을 미소 지으며 바라봤다.

"아까 스님은 탐욕을 가리켜 만족하지 못하는 욕망, 멈추지 못하는 욕망이라고 설명하셨는데요, 물욕 권력욕 명예욕 애욕 같은 욕망이 내 안에서 멈추지 않고 확대 재생산된다면 정말 괴로울 거 같습니다."

노 기자가 말했다.

"그래서 탐심은 소금물을 마시는 거와 같다고 했습니다. 목이 말라 물을 마셨는데 그 마신 물이 소금물이면 어떻게 되겠습니까? 마신 순간에는 갈증이 해소되는 듯하지만 곧이어 더 심한 갈증을 느끼게 되지요. 노 기자님은 그런 경험을 해보지 않았습니까?"

원해가 물었다.

"해 봤습니다. 특종을 내면 천하를 얻은 것처럼 기쁩니다. 그런데 그 기쁨이 채 가시기도 전에 더 큰 특종을 내야지 하는 욕망이 꿈틀거립니다."

"역시 명예욕은 소금물을 마시는 거와 같은 것이군요."

원해의 말에 모두 공감하는 미소를 지었다.

"내 안의 욕망이 소금물을 마시는 것처럼 계속 갈증을 생산해 낸다는 사실을 뼈저리게 아느냐, 못 아느냐가 분기점인 거 같습니다. 그걸 뼈저리게 알면 거기서 탈출하려는 시도를 할 것이고, 뼈저리게 느끼지 못하면 적당히 즐기면서 머물러 있을 테니까요."

"스님도 아까 그 말씀을 하시지 않았습니까? 그 자리가 구도의 길에 들어서는 분기점이라고요."

"대다수의 사람은 욕망 안의 삶을 행복이라고 생각합니다. 하지만 욕망을 벗어난 사람은 그것과는 비교가 되지 않는 행복이 있다는 걸 알게 되지요. 오염된 늪 속의 벌레들은 늪을 가장 좋은 세계라고 생각하며 그 안에서 살고 있을 겁니다. 하지만 그곳을 벗어나 보면 거기는 다시 발을 들여놓아서는 안 되는 늪임을 알게 되지요. 우물 안 개구리도 마찬가지입니다. 우물 안에 있는 개구리는 우물 안이 세상의 전부라고 생각하며 살고 있을 겁니다. 하지만 밖에서 보면 우물 안은 그냥 작은 공간일 뿐이지요. 인식의 확대는 이와 같은 것입니다. 중생계에서 발을 빼고 되돌아보면 중생계는 오물의 늪이고 우물 안의 작은 공간이지요."

총장이 말했다.

"총장님의 시야엔 얼마나 넓은 세계가 펼쳐져 있는가요?"

혜륜이 긴장한 얼굴로 질문했다.

"마을 안에서는 가장 높은 산에 올라 있으니 그 정도의 세계는 내 시야 안에 들어와 있다고 할 수 있겠군."

총장이 친구한테 하듯 정답게 답했다.

"그럼 마을 밖의 세계는 어떻게 인지할 수 있지요? 그 세계는 시야 안으로 들어와 있지 않은 세곈데요."

"혜안으로 인지할 수 있지. 석가모니부처님은 2,500년 전 인도의 북쪽 지역에서 사셨던 역사적인 인물이야. 그분은 2,500년 전에 삼천대천세계를 말씀하셨어. 지금 우리가 살고 있는 지구는 태양계에 속해 있지. 그래서 태양의 영향을 받고 있어. 태양처럼 다른 별에 영향을 미치며 함께 공존하는 별들을 1세계로 본 거야. 부처님은 1세계의 별 1,000개가 모여 있는 세계를 소천세계라 하셨어. 그리고 소천세계의 제곱 승을 중천세계라 하셨고, 중천세계의 제곱 승을 대천세계라 하셨어. 지금 천문학자들이 우주 망원경을 통해 밝힌 우주를 인도의 작은 마을에 앉아서 보신 거지. 그런 걸 혜안이라고 해. 지혜의 눈으로 본다는 뜻이야."

총장은 대학 4학년 학생 질문에 자신의 지식을 동원해 가며 진지하게 답했다. 그런 그의 모습이 보는 사람으로 하여금 신뢰감을 쌓게 했다.

"총장님 설명을 듣고 나니 많은 이해가 되었습니다. 감사합니다."

혜륜이 고개를 숙이며 감사한 마음을 전했다.

"나는 마을 안에 있는 산 중에서 가장 높은 산에 올라와 있지만 상지 보살님은 마을 밖의 산에도 올라가 계시리라고 생각합니다. 보살님이 좋은 말씀을 해 주십시오."

총장이 공경의 예를 갖추고 상지 보살을 바라봤다.

"총장님이 과분한 말씀을 하셔서 듣기에 민망합니다. 아까 여러분들이 말씀하신 대로 중생계는 늪의 세계와도 같고 우물 안의 세계와도 같습니다. 그 안에서 아무리 복작거려 봐야 고통에서 헤어날 수 없습니다. 그 사실은 중생계에서 발을 뺐을 때 확실하게 알게 됩니다. 그렇다고 해서 중생계가 무의미하다는 얘기는 아닙니다. 중생들이 무의미한 존재라는 얘기도 아니고요. 지금 우리가 할 일은 중생계를 한 차원 높게 향상시키는 일입니다. 그건 그 안에 있는 사람들의 의식을 한 차원 높게 향상시킴으로써 그들로 하여금 진정한 행복을 누리게 하기 위함이지요. 그럼 세상 사람들의 의식을 어떻게 한 차원 높게 끌어올려 주느냐는 질문과 마주하게 되는데 그 답은 선우(善友)에 있다고 봅니다. 부처님도 선우가 도를 이루는 전부라고 하셨습니다. 그 말씀을 잘 새겨서 방법을 찾으면 답이 나오리라고 봅니다."

상지 보살이 조용히 말했다.

"보살님은 지금 우리한테 함께 그 일을 하라고 당부하셨습니다. 샘물은 맑고 깨끗하기 때문에 자신은 물론 주위 생명들도 살려 낼 수가 있지요. 하지만 세상을 바꿀 수는 없습니다. 샘물이 모여 큰 내가 되고 내가 다시 모여 깊은 강물이 되면 그때는 세상을 바꿀 수 있습니다. 선우의 힘이란 그런 것입니다."

"총장님은 지난번 따뜻한 마음으로 서로 예의를 지키며 사는 사람들이 공동체 구성원으로서 자격을 갖춘 분들이라고 하셨는데, 그 자격을 선우의 자격으로 봐도 무방할 거 같습니다. 따뜻한 마음은 생명을 살려 내는 마음으로 관용 배려 베풂 이해 포용 등 상대방의 생명에 따뜻한 에너지를 불어 넣어 주어 생명의 꽃을 피울 수 있도록 도와주는 마음이라 하셨는데 선우도 그렇지 않을까요?"

노 기자가 물었다.

"기자의 능력은 핵심을 바로 끄집어내는 건데, 노 기자는 역시 최고의 기자야."

총장이 엄지손가락을 치켜세우자 장내는 웃음소리로 가득했다.

"모든 일은 시작하는 순간 이미 반은 이룬 거와 같다 했습니다. 우리부터 시작하고 주변에 있는 사람들도 그렇게 살도록 독려하죠. 함께 일을 도모하려면 이름이 있어야 하는데 제 생각은 우리 모임을 〈따뜻한 우리, 참다운 대한민국〉으로 했으면 좋겠습니다. 본원은 예경원에 두고요, 예경원은 약초로 가득 차 있으니 우리 자신들이 세상에 유익함을 주는 약초처럼 살자는 무언의 약속도 하면서요."

원해가 말했다.

"〈따뜻한 우리, 참다운 대한민국〉 양명한 기운이 확 느껴지는데요. 아침 햇살이 쫙 퍼진 들판을 보는 것처럼요."

향산이 들뜬 음성으로 찬성했다.

"〈따뜻한 우리, 참다운 대한민국〉, 괜찮은데. 찬성하면 박수를 치지."

총장이 얼굴 가득 웃음을 담고 주위를 둘러보자 모두 행복한 얼굴로 박수를 쳤다.

"정기 모임은 해인스님의 법문이 있는 매월 셋째 주 토요일로 합시다. 그리고 우리가 하는 모든 일은 유튜브 방송을 통해 세상에 알리도록 합시다."

"지금 우리가 나누고 있는 이 대화도 유튜브 방송을 통해 세상에 나갈 겁니다. 준비 모임부터 알리는 게 좋을 것 같아 제가 촬영 준비를 했습니다."

노 기자가 말했다.

"정기 모임 땐 제가 노래를 부르겠습니다. 그럼 제 노래를 듣고 저와 함께하려는 사람들이 모여들지도 모르니까요. 그러면 그 사람들과 함께 노래하는 동호인 모임을 만들겠습니다. 취미를 공유한다면 더 활기를 띨 거 같아서요."

손 교수가 미소를 띠며 말하자

"아주 좋은 생각입니다. 손 교수 노래를 들으면 강릉 안에서도 금방 선우들이 모여들 겁니다."

총장이 찬성했다.

"저는 〈고향〉이라는 모임을 만들게요. 고향은 뿌리를 말하는데 제 주변에는 뿌리를 갖고 싶어 하는 애들이 있어서요."

수희가 조심스럽게 말했다.

"그렇게 하십시오. 벌써 우리 안에서 두 개의 가지가 뻗었는데 가지를 뻗게 하는 일은 그리 어려울 거 같지 않군요."

총장이 흐뭇한 얼굴로 말했다.

"좋은 분들이 모여 있으니 일이 일사천리로 진행되는군요. 그럼 저희 집으로 장소를 옮기죠. 예경원을 본원으로 하려면 예경원을 보셔야 할 테니까요."

상지 보살이 먼저 자리에서 일어났다. 그러자 모두 행복한 얼굴로 따라 일어났다.

"예경원에 가면 손 교수님이 노래를 부르십시오. 이왕이면 첫 회에 손 교수님 노래하는 모습이 나갈 수 있게요."

"무당은 굿을 못 하면 병이 납니다. 저도 노래를 못 하면 병이 나니 가능한 한 자주 시켜 주십시오."

"하하하, 그러겠습니다. 하하하."

유쾌한 웃음소리와 함께 모두 자리에서 일어났다.

"유튜브 방송은 누가 총괄하지?"

총장이 물었다.

"제가 합니다. 영상편집은 제가 하고 필요한 원고는 혜륜 씨가 쓰기로 했습니다."

"적임자들이 맡았군. 잘해 봐."

총장이 싱긋 웃으며 노 기자 어깨를 툭 쳤다. 노 기자도 고개를 돌리며 싱긋 웃었다. 기분 좋은 답례다.

예경원 약초 위로 10월 하순의 햇빛이 밝게 내려앉아 있다. 푸른 초록색은 어딘가로 사라지고 잎새는 붉은색 노란색 주황색 황갈색으로 물들여져 있다. 있던 것이 스러지고 없던 것이 드러나는 오묘함. 그걸 자연이라 이름한다.

"손님을 연못가로 안내해. 내가 다과를 준비할게."

상지 보살이 낮은 소리로 말했다.

"다과는 제가 준비할게요. 손님은 보살님이 안내하세요."

수희가 얼른 안채 쪽으로 몸을 돌렸다.

"약초 사이로 오솔길이 나 있으니 편하게 도시다가 연못으로 오세요. 연못은 저쪽에 있습니다."

상지 보살이 팔을 들어 예경원 중심을 가리켰다. 그러자 모두 알았다는 표정을 지으며 자연스럽게 흩어졌다. 상지 보살도 오솔길로 접어들며 길 양쪽에 있는 약초들과 눈 맞춤을 했다. 아이가 소년이 되고 청년이 되고 장년이 되고 노년이 되듯 약초들도 봄 여름 가을 겨울로 달리는 수레를 타고 자신의 몸을 변신시켜 갔다. 아이로만 머물러 있는 사람이 없는 것처럼 약초도 봄의 연한 새순에만 머물러 있는 건 없다. 상지 보살은 까만 열매를 매달고 있는 사간을 미소 지으며 바라보았다. 여름엔 붉은 반점을 주황색 꽃잎 위에 점박이처럼 찍으며 폈었는데 그 꽃잎은 흔적 없이 사라지고 까만 열매를 줄기마다 매달고 있었다. 상지 보살은 햇빛에 빛나는 까만 열매를 잠시 바라보다가 걸음을 옮겼다. 상지 보살이 호숫가에 이르자 엇비슷하게 한 사람 한 사람 호수 쪽으로 왔다.

"손님들이 오실 것 같아 제가 미리 자리를 준비해 뒀습니다."

장 노인이 의자를 가리키며 말했다. 상지 보살은 장 노인이 한 말을 새겨들으며 잠시 장 노인을 바라봤다. 그러던 그는 호숫가에 모여 있는 사람들을 보며 말했다.

"이렇게 만났으니 인사들을 나누시죠. 장 옹은 예경원을 관리하시는 분입니다. 약초에 대해 가장 잘 아시는 분이죠. 그리고 여기 계신 분들은 서울에서 오셨는데 앞으로 한 달에 한 번씩 우리 예경원에도 들르실 겁니다."

그러자 가볍게 인사들을 나눴다.

"이왕 만났으니 장 옹도 앉으십시오. 약초에 대해 궁금한 게 많은데요."

총장이 의자에 앉으며 말했다.

"그러세요. 다 좋은 분들이니 함께 시간을 가지는 게 좋을 것 같네요."

상지 보살이 장 노인을 보며 말했다.

"고맙습니다."

장 노인이 끝자리에 가서 앉았다. 그러자 모두 빈자리를 채우며 앉았다.

"우리가 올 걸 알고 자리를 준비해 놓았다고 하셨는데 우리가 올 걸 어떻게 아셨습니까?"

원해가 호기심을 나타내며 장 노인을 바라봤다.

"사방 십 리 안에서 일어날 일은 미리 좀 보입니다."

장 노인이 대수롭지 않게 말했다. 그러자 모두 호기심을 나타내며 장 노인을 바라봤다. 상지 보살은 자신이 나서야겠다고 판단한 듯 조용히 말했다.

"장 옹은 오랫동안 혼자 수련을 하셨다고 합니다. 그래서 어느 정도 도력을 얻으신 거 같습니다."

상지 보살의 말을 들은 사람들은 더욱 호기심을 나타내며 장 노인을 바라봤다.

"도력이라 할 것도 없지요. 아주 미미해 힘이라 할 것도 없습니다."

장 노인이 손사래를 하며 말했다. 자신의 공부를 화제 삼아 더 이상 말을 하지 말라는 당부 같았다.

"예경원 약초를 관리한다 하셨는데 예경원 하고는 어떻게 인연을 맺었습니까?"

총장이 물었다.

"어느 날 정에 들어 있는데 약초들이 보이더군요. 그래서 발길 닿는 대로 왔더니 예경원이 있었습니다. 그때는 약초들이 백여 그루밖에 되지 않았습니다. 보살님이 그림을 그리기 위해 조금씩 심어 놓으신 거였지요. 약초들을 보는 순간 가슴이 쾅쾅 뛰더군요. 저는 야생약초를 채취하며 살아왔는데 야생약초와는 비교가 되지 않을 만큼 탁월한 효능들이 보였습니다. 그래서 인연을 맺게 되었지요."

장 노인의 설명을 들은 사람들은 어리둥절한 표정을 지었다. 약초의 효능이 보이다니요?

"장 옹이 한 말씀이 무슨 뜻인지 저는 알 거 같습니다. 그건 소통에서 온 힘입니다. 상지 보살님은 그림을 그리기 위해 약초들과 소통을 하고 계셨는데, 소통의 통로를 만든 건 보살님 마음속에 있는 예경심이지요. 약초의 생명에 대한 지극한 공경심, 그 공경심이 약초의 효능을 키운 것입니다. 장 옹은 그걸 보셨고요."

총장의 설명을 들은 상지 보살이 미소 지었다. 사람들은 입을 열지 못한 채 상지 보살과 총장 사이에 교류되고 있는 그 무엇을 보고 있었다. 지극히 아름다운 그 무엇을.

"탁자를 중심으로 조금씩 다가앉으십시오."

수희가 탁자 위에 준비해 온 다과를 놓으며 말했다. 그러자 모두 정신이 돌아온 듯 앉은 의자를 탁자 가까이 끌어당겼다.

"강릉의 명물인 한과입니다. 차와 함께 드세요."

수희가 한과 접시를 양분해서 먹기 좋게 놔 주었다. 차담이 어우러졌을 때 손 교수가 자리에서 일어났다.

"연못에 떠 있던 부평초가 시들었군요. 제 마음이 쓸쓸해지려 해서 노래 한 곡을 부르겠습니다."

손 교수가 연못 가까이에 가 서며 말했다. 그러자 모두 손 교수 뒤에 있는 연못을 바라보았다. 부평초라고 여겨지는 식물이 누런 잎새를 하고 수면 위에 떠 있었다. 손 교수는 자세를 잡으며 감정을 조절하더니 노래를 부르기 시작했다.

연분홍 치마가 봄바람에 휘날리더라
오늘도 옷고름 씹어가며 산 제비 넘나드는 성황당 길에
꽃이 피면 같이 웃고 꽃이 지면 같이 울던
알뜰한 그 맹세에 봄날은 간다

열아홉 시절은 황혼 속에 슬퍼지더라
오늘도 앙가슴 두드리며 뜬구름 흘러가는 신작로 길에
새가 날면 따라 웃고 새가 지면 따라 울던
얄궂은 그 노래에 봄날은 간다

새파란 풀잎이 물에 떠서 흘러가더라
오늘도 꽃 편지 내 던지며 청노새 짤랑대는 역마차 길에
별이 뜨면 서로 웃고 별이 지면 서로 울던
실없는 그 기약에 봄날은 간다

 손 교수 노래가 빛살처럼 가슴속으로 스며들었다. 사람들은 손으로 장단을 맞추며 봄날은 간다를 따라 불렀다. 그러다 2절에 가서는 혜륜과 노 기자만 가사를 따라 부르고 나머지 사람들은 손으로 장단을 맞추며 노래를 들었다. 그러다 3절에 가서는 노 기자도 빠지고 혜륜만 끝까지 같이 불렀다.
 "손 교수님 함자인 지운이 무슨 뜻인지 오늘 확실히 알았

어요. 동심초를 들으면서도 느꼈는데 손 교수님 노래는 심연에서부터 울려오는 진동이 있어요. 법운사에서 울려 퍼지는 종소리처럼요. 그 진동이 미세하게 떨리면서 제 온몸으로 스며들었어요. 손 교수님 노래를 듣고 어떻게 감동을 받지 않을 수 있겠어요?"

수희가 두 손을 모아 가슴에 대며 말했다. 그러자 모두 머리를 끄덕였다. 같은 마음이라는 듯.

"옴— 이 우주의 원음이라는 말이 이해됩니다. 옴— 은 우주의 원음에서 울려 퍼지는 진동입니다. 그 진동을 손 교수가 노래로 전달시키는 거 같습니다."

원해가 말했다.

"동심초도 그렇지만 봄날은 간다도 대중들이 부르는 가요가 아닙니까? 대중들이 부르는 가요 속에서 우주의 원음을 들을 수 있다니, 손 교수의 소리는 인간의 알음알이를 뛰어넘은 거 같습니다. 허공을 넘어 천상을 넘어 그 어딘가에 닿아 있는 거 같은 느낌, 교수님의 소리는 그런 거 같군요."

향산도 감동 어린 목소리로 밀했나.

"너무 과찬을 해 주셔서 몸 둘 바를 모르겠습니다. 하지만 여러분들의 칭찬을 듣고 나니 용기가 납니다. 소리를 완성해 갈 수 있다는 자신감도 생기고요."

손 교수가 진심에서 말했다.

"교수님이 음악동아리를 만들면 거기에 저도 끼고 싶어요. 교수님의 노래를 들으면서 나도 저런 글을 쓰고 싶다고 생각했거든요. 독자들 가슴에 진동의 파고를 일으키는 그런 글을요."

혜륜이 상기된 얼굴로 말하자 손 교수가 혜륜을 마주 바라봤다. 바라보고 있는 시선이 미세하게 떨렸다.

"여기서 가장 어린 사람이 혜륜 씬데 3절까지 다 따라 부른 사람이 혜륜 씨였습니다. 봄날은 간다는 한국전쟁이 끝난 직후에 만들어진 노랜데 말입니다."

노 기자가 신기한 듯 말하자

"봄날은 간다는 아버지 애창곡이에요. 어려서부터 하도 많이 들어서 초등학교 때 가사를 다 외웠어요."

혜륜이 활짝 웃으며 말했다. 그런 혜륜을 보며 사람들은 미소 지었다. 예경원에는 행복의 파도가 넘실대고 있다.

"장 옹 말씀을 들으면서 생각한 건데 우리 모임을 〈예경(禮敬)〉으로 하면 어떻겠습니까? 약초도 공경을 받으면 효험이 배가 된다고 하니 서로 공경하는 마음을 나누면 우리도 그와 같이 되지 않겠습니까? 기업이 본사와 계열사를 두듯 우리도 〈따뜻한 우리, 참다운 대한민국〉을 본사로 하고 그 아래에 계열사를 두는 형태를 취하지요. 계열사 1호가 〈예경〉이 되는 겁니다."

"노 기자님 제안에 찬성합니다. 공경하는 마음으로 우리 모두를 완성해 가면 좋겠습니다."

"노 기자의 말은 퇴계 선생의 공부법이네. 퇴계 선생은 경(敬)으로 도를 이루려 하셨지. 그래서 퇴계 선생의 사상을 경(敬)사상이라고 하네."

"남을 공경하는 마음으로 자신의 도를 이룰 수 있다니 놀랍습니다. 그러고 보니 공경심이야말로 인간이 갖추어야 할 지고의 감정인 거 같습니다."

"그렇다고 할 수 있지. 불교에서도 예경제불이라는 말이 있네. 보현보살 10대원에 나오는 첫 번째 항목인데 일체 생명을 부처님 공경하듯 공경함으로써 스스로 성불에 이른다는 뜻이지."

"총장님 말씀을 듣고 나니 이제 많은 게 알아집니다. 아까 총장님이 당신 자신은 동네 산 중에서 가장 높은 산에 올라계시지만 상지 보살님은 바깥 산까지 올라가 계시리라던 말씀이 무엇을 뜻하는지 알 거 같습니다. 약초의 생명과 소통하고 그 소통의 통로를 만드는 게 예경심이라고 하셨던 말씀도요."

"노 기자는 역시 명기자야. 핵심을 정확히 찍어 내거든."

총장이 노 기자를 향해 엄지척을 했다. 그러자 모두 밝은 얼굴로 미소 지었다.

"이제 모든 게 정리됐군요. 본사는 〈따뜻한 우리, 참다운 대한민국〉이고 계열사 1호는 〈예경(禮敬)〉이다. 본사 총수는 박광효 총장이고 고문은 상지 보살이다. 제 말에 찬성하시면 박수를 쳐 주십시오."

원해가 주위를 둘러보며 동의를 구하자 모두 박수로 화답했다.

"제가 한 말이지만 수정을 하겠습니다. 본사는 본회로 하고, 계열사는 지회로 하지요."

"뭔지 모르게 어색했는데 이제 깔끔하게 정리됐군요. 저도 오늘부터 여러 선우님을 공경함으로써 저를 완성해 가겠습니다."

"역시 향산은 최고의 선우야. 우리 마음을 잘 대변해 주거든."

원해가 향산을 향해 엄지척을 하자 모두 웃으며 화답했다. 그 화답에는 선우로서의 굳은 언약이 담겨 있었다.

5

내가 지금 백일몽(白日夢)을 꾸고 있나?

화장실을 나온 박 총장은 현관 문을 열고 나가 신문을 주워 들고 서재로 갔다. 그는 들고 온 신문을 책상 위에 놓고 커피포트에 물을 부어 차 한 잔을 만들어서 의자에 앉았다. 차를 마시며 신문을 펼쳐 든 그의 눈에 '3,226가구 아파트 단지에 전세 매물 0'이라는 제목이 들어왔다. 전국에 있는 1,000가구 이상의 대단지 중 390곳이 전세 매물 0이라는 것이다. 박 총장은 차를 한 모금 마시며 다시 머리기사를 읽었다. "빠르면 19일 원전 감사 공개… 산업부, 자료삭제 저항"이라는 제목이 눈에 들어왔다. 박 총장은 신문을 가까이 들고 월성 원자력 발전소 1호기 감사 기사를 읽었다. 그러던 그는 '감사 과정에서 밝혀낸 사실에 따르면 국회 감사 요구 이후에 산업통상부 공무원들이 관계 자료 모두를 삭제했다. 이 삭제한 자료들을 포렌식을 통해 되살렸는데 법사위서 의결하면 되살린 자료는 물론 감사 결과 공개와 함께 공무원들이 고의로 월성 1호기 관련 자료를 삭제한 사례도 공개할 것이다.'

라고 쓰여 있었다. 산업통상부 공무원들이 고의로 관련 자료를 삭제했다는 기사를 읽은 박 총장은 자신이 잘못 읽은 게 아닐까? 하고 다시 기사를 읽었다. 참담함을 느낀 그는 옆 제목에 눈길을 돌렸다. 두 개의 펀드 사건이 신문 전면을 도배하고 있었다. 수수께끼 같기도 하고 미로 같기도 한 이들 사건은 연일 신문지면을 장악하고 있었다. 추악한 지식인들의 단면을 드러내고 있는 두 사건은 인간 내면에 잠재하고 있는 탐욕과 어리석음이 세상을 어떻게 파괴하고 있는지를 여실하게 보여 주고 있었다. 박 총장은 허리를 의자 등받이에 대며 창밖을 바라봤다. 아직 해가 뜨기 전이라 창밖은 어둠의 덩어리였다. 한참 동안 어둠을 응시하고 있던 박 총장은 다시 신문을 들고 끝에 있는 칼럼을 읽었다. 부정부패가 노출되면 대응하는 정형화된 패턴이 있다. 우선 불거진 의혹에 진실 공방으로 프레임을 비튼다. 양심에 손을 얹고 누가 보아도 권력형 비리인데 '근거 없는 거짓 주장이나 의혹 부풀리기'라고 일축한다. 두 번째 패턴은 실체가 하나둘 드러나면 '검찰 수사를 기다려 보자'라며 물타기를 시도한다. 검찰은 지난 7월 문건을 확보하고도 왠지 미적댔다. 공직 비리 감시와 사정을 담당하는 민정수석실에서 그런 형태가 벌어졌다면 깃털이든 몸통이든 불순한 경위를 검증하는 게 상식이다. 검찰은 그를 단 한 차례 참고인 조사를 하고 봐줬다. 대통령은 집권 전 '정치

검찰은 정권의 주구(走狗)가 되어 버렸다.'라고 비판했다. 사냥개가 된 검찰을 바꾸겠다는 게 개혁구상이었다. 그런데 지금의 검찰은 권력형 비리에 면죄부를 남발하는 견찰(犬察)이 됐다고 세상은 손가락질한다. 검찰이 충견, 사냥개, 애완견 하며 이렇게 자주 동물에 비유되는 경우는 독재정권 시절에도 없었다. 거악(巨惡) 척결은커녕 권력의 해바라기 검사들만 득실거리는 게 개혁이라면 그 개혁은 성공했다. 세 번째 패턴은 음모론을 내세워 선악 구도로 몰아가는 패턴이다. 알다시피 정의와 공정은 선동의 도구가 됐다. '사람이 먼저'라는 구호는 우리 사람에게만 적용된다. 상대에겐 무관용이고 자기편에겐 무한관용이다. 남의 허물은 단죄하고 자신의 허물은 눈감는다. 공돈에 맛 들인 사람들이 정권을 받쳐 주니 권력이 국민을 업신여긴다. 미안한 시늉조차 사라질 정도로 오만해졌다. 〈악의 평범성〉을 설파했던 한나 아렌트가 정곡을 찔렀다. '전체주의 지배가 노리는 가장 이상적인 대상은 확신에 찬 나치주의자도 공산주의자도 아니다. 사실과 허구 혹은 참과 거짓을 더는 분간하지 못하는 일반 사람들이다.' 실체적 진실은 증발하고 잔챙이 몇 잡고는 흐지부지 끝내려는 게 마지막 패턴일 것이다. 그게 성공하지 못하도록 다들 눈 부릅뜨고 지켜볼 일이다. 잘못하다간 국민도 핫바지가 된다. 박총장은 읽은 칼럼을 책상 위에 던지고 찻잔을 집어 들었다.

며칠 전에 만났던 제자 얼굴이 떠올랐다. 고등학교 사회과 교사로 있는 제자는 이런 질문을 했다. "교수님, 얼마 전까지만 해도 우리 사회는 옳고 그름이 있었습니다. 누가 봐도 옳은 건 옳은 것이고 그른 건 그른 것이었습니다. 그런데 지금은 옳고 그름이 없습니다. 분명히 잘못됐다고 지적을 했는데, 얼마 안 있으면 잘못하지 않았다는 목소리가 잘못했다는 목소리를 덮고 맙니다. 그러면 사람들은 정말 잘못한 건지 아닌지 헷갈리게 됩니다. 옳고 바른 게 정말 세상에 있기는 있는 겁니까?" 제자가 던진 질문을 떠올리던 박 총장은 천천히 머리를 끄덕였다. 상식적인 사고를 하는 많은 국민은 최 군과 같은 질문을 하고 있을 것이다. 언제부턴가 옳고 그름의 경계가 무너지고 모두 네가 잘못했다고 삿대질을 한다. 이게 지금 내가 두 발을 딛고 서 있는 세상이다. 이런 세상을 바꾸려 하다니, 내가 혹시 백일몽(白日夢)을 꾸고 있는 건 아닌가?

"지금부터 네 이름은 윤후(尹后)야. 그렇게 알고 있어."
엄마가 말했다.
"윤후가 뭐예요?
딸이 물었다.

"네 이름이라고 했잖아."

엄마가 짜증 섞인 소리로 답했다.

"그럼 윤이 성인가요?"

딸이 잠시 엄마를 바라보다가 물었다.

"그래, 성."

"저한테도 성을 붙여 줄 아버지가 있었나요?"

"윤은 내 성이야. 엄마인 윤설화 성."

"아버지 성이 아니라면 전 그냥 내 이름을 쓸 거예요. 한진이."

"그건 보육원 원장 성이잖아. 엄마가 있는데 왜 보육원 원장 성을 써?"

"엄마 성을 써도 제가 사생아라는 건 세상 사람들이 다 알 텐데 사생아나 보육원 출신이나 정상이 아닌 건 같지 않은가요?

"이 계집애가! 너 왜 엄마 가슴에 대못을 박니?"

"엄마도 제 가슴에 대못을 박고 있잖아요."

"난 널 갖고 싶지 않았어. 네가 내 몸에 태어난 것뿐이야. 그래도 난 너를 낙태시키지 않으려고 집에서 도망쳐 나왔어. 엄마가 병원으로 끌고 가려고 해서야. 집을 나온 나는 힘들게 열 달을 버텼어. 그리고 더 이상 버틸 수 없어 너를 보육원에 맡긴 거야. 낳은 지 한 달밖에 안 된 너를 보육원 대문 앞에 놓고 돌아설 때 내 눈에도 피눈물이 흘렀어. 나는 그 후 돈을 벌려고 발버둥을 쳤어. 하지만 20살밖에 안 된 계집애가 돈을 번다는 건 하늘의 달을 따다 품에 안는 것만큼이나 힘들었어. 대학 1학년밖에 못 다녔으니 할 수 있는 일도 없었어. 나는 눈밭을 구르는 오뚝이처럼 넘어지면 일어나고 넘어지면 일어나고 하면서 10년을 버텼어. 그러고 나니 돈이 저절로 내 품으로 굴러 들어오더라. 하늘에 뜬 달을 따서 품에 안은 거지. 그때부터 난 나를 변신시켜 갔어. 돈으로 나를 재무장시킨 거야. 유명인들이 모이는 최고경영자 그룹에도 나가고 정치 포럼에도 나갔어. 난 지금 나라를 쥐락펴락하는 유명인들과 밥도 같이 먹을 수 있고 술도 같이 마실 수 있어. 하지만 나라를 쥐락펴락할 수는 없어. 그렇게 할 수 없는 게 내 한계라는 걸 알기 때문에 그런 시도를 하지 않아. 그래서 너를 내 대타로 키우려 하는 거야. 내 청춘, 내 인생, 내 꿈의 보상을 너를 통해 성취하고 싶어. 너는 다행히 똑똑해서 그 모든 것을 충분히 해낼 수 있어."

딸은 어젯밤 엄마와 나눈 대화를 떠올리고 있다. 나라를 쥐락펴락하는 사람으로 키우고 싶다고. 나를? 그게 엄마의 청춘을, 인생을, 꿈을 보상받는 거라고? 나라를 쥐락펴락하는 게 뭐야? 어떤 게 그런 건데?

딸이 이런 생각을 하고 있을 때 엄마가 맞은편 의자에 앉앉다.

"얘가 내 딸이에요. 이름은 윤후, 그리고 이분은 너한테 수학을 가르치실 선생님이야. S 대학 출신으로 과외만 전문으로 하고 계셔."

엄마의 소개를 받은 딸이 가만히 옆에 앉은 여성을 바라봤다.

"난 안민희야. 민희 선생이라 불러도 되고 안 선생이라 불러도 돼. 넌 후라고 했는데 부르기가 좀 그렇다. 후가 무슨 뜻이니?"

과외선생이 물었다.

"저도 처음 들은 이름이라 뜻을 몰라요. 엄마한테 물어보세요."

딸 입에서 예기치 않은 말이 나오자 엄마는 딸을 노려보며 답했다.

"얘 이름이 마음에 안 들어서 개명을 하려고요. 후(后)는 임금 왕비 그런 뜻을 지니고 있어요."

"아! 그래요. 어마어마한 이름이네요. 이름만 부르는 거보다는 성까지 같이 부르는 게 더 편할 거 같네요. 앞으로 선생님이 윤후라고 부를게."

과외선생이 딸을 보며 생긋 웃었다.

"인사가 끝났으니 우리 식사하러 가요. 이 호텔은 중식당 음식이 비교적 괜찮은 편이니 중식당에 가서 식사해요."

엄마가 자리에서 일어났다. 그러자 옆에 앉았던 과외선생도 따라 일어났다. 딸은 내키지 않는 표정을 지으며 그들 뒤를 따랐다. 엄마는 호텔 내부를 잘 아는 듯 엘리베이터 쪽으로 가서 행선 버튼을 눌렀다. 잠시 후 문이 열리고 엄마가 밖으로 나갔다. 두 사람도 따라 나갔다. 복도를 조금 걸어가던 엄마가 식당 안으로 들어갔다. 그러자 두 사람도 따라 들어갔다. 종업원이 나와 반기며 아늑한 방을 안내해 주었다. 예약이 되어 있는 듯했다.

"이 집에 오면 전망이 좋아서 저절로 기분이 좋아져. 저 아래를 내려다봐. 세상이 전부 발밑에 있잖아."

엄마가 창밖을 보며 말했다. 그러자 두 사람도 창밖을 내려다봤다. 지나가는 차가 방개 같고 사람이 작은 인형들이 움직이는 거 같다. 그때 종업원이 향수 물에 살짝 적신 수건과 메뉴판을 들고 왔다.

"우리 코스."

엄마가 종업원을 보며 미소 짓자

"알겠습니다."

종업원이 가볍게 머리를 숙이고 돌아섰다.

"사람은 항상 위를 보고 살아야 해. 안 선생은 꿈이 뭐예요?"

엄마가 물었다.

"전 아버지를 동네에서 가장 부자로 만들어 드리는 게 꿈이에요."

안 선생이 가볍게 웃으며 대답했다.

"왜 그런 꿈을 갖게 됐어요?"

엄마가 물었다.

"저희 동네엔 대대로 내려오는 부잣집이 있어요. 동네 논이 거의 그 집 거라 해도 과언이 아닐 만큼 부자예요. 그 집 논 위에 우리 논 두 마지기가 있었는데 가뭄이 든 어느 해에 아버지가 물꼬를 우리 논으로 돌렸대요. 위에 있으니까 가능했던 거죠. 어느 날 아침밥을 먹으려 하는데 부잣집 주인이 마당 안으로 들어왔어요. 그러자 아버지가 겁먹은 얼굴로 쳐다보셨어요. 부잣집 주인은 다짜고짜로 아버지 뺨을 후려쳤어요. 그러고도 분이 덜 풀렸는지 다시 뺨을 한 번 더 후려쳤어요. 아버지는 아무 말도 못 하고 맞고 있었어요. 가족들이 다 보는 앞에서요. 우리 가족은 나중에 알았죠. 아버지가 뺨을 맞은 게 논물 때문이라는 걸요."

"그래서?"

"그때부터 제 가슴속엔 복수의 감정이 자리 잡기 시작했어요. 아버지의 복수를 꼭 하고 말겠다고요. 그로부터 10년 후 복수를 반은 했어요. 제가 서울대학에 입학하자 온 면에

플래카드가 붙었거든요. 누구 집 딸 누가 서울대학에 합격했다고요. 그해 그 집 막내아들은 지방대학에 원서를 냈는데 떨어졌어요. 아버지는 펄럭이는 플래카드를 보고 감격해 눈물을 흘리며 동네 사람들을 불러 막걸리 잔치를 했어요."

"그럴 만했겠네. 그럼 나머지 반은 뭐야?"

"그 집 논을 제가 사서 아버지한테 드리는 거요. 들리는 소문에 의하면 그 집 큰아들이 사업을 하다가 손해를 많이 봤나 봐요. 그래서 땅을 팔아야 하나 봐요."

"땅값이 얼만 진 모르지만 과외해서 되겠어?"

"7년 정도 했는데 목돈이 됐어요. 앞으로 좀 더 하면 될 거 같아요."

"그래?"

엄마는 믿어지지 않는다는 듯 고개를 갸웃하더니

"안 선생은 왜 과외선생을 해? 젊은 사람이."

약간 무시하는 투로 물었다.

"처음엔 취직이 안 돼서 시작했는데 시작하고 보니 생각보다 수입이 좋았어요. 동기생들이 받는 연봉의 10배쯤 되거든요. 잘 가르친다는 소문이 나면 과외비는 부르는 게 값이에요."

안 선생이 생긋 웃었다. 엄마는 안 선생이 한 말을 새겨들으려는 듯 몇 번 눈을 깜박이더니 유쾌하게 말했다.

"듣고 보니 복수가 가능할 거 같네. 꼭 복수하기 바라. 복수, 통쾌한 일이지."

엄마가 큰 소리로 깔깔거리며 웃었다. 엄마의 웃음소리를 들으며 딸이 골똘히 생각에 잠겼다. 복수라는 말이 이상하게 가슴에 와서 콕 박혔다. 복수!

"음식이 나왔네. 우리 음식 먹는 데만 집중해. 그래야 맛을 최대로 느낄 수 있거든."

엄마가 냅킨을 무릎 위에 펴며 말했다.

"이건 관자냉채야. 키조개로 한 거야."

엄마가 앞 접시에 냉채를 덜며 말했다. 그러자 안 선생도 딸도 냉채를 앞 접시에 덜었다.

"송이활전복이야. 자연 송이라 향이 아주 좋아."

"이건 바닷가재찜"

"한우안심스테이크야. 고기가 참 연하지?"

"오, 이건 홍삼불도장. 홍삼, 마른 관자, 삿갓버섯, 철갑상어 연골을 주재료로 해서 오랫동안 달여 만든 거야. 맛도 좋지만 몸에도 좋으니 남기지 말고 먹어."

엄마는 요리 접시가 앞에 놓일 때마다 설명을 곁들이며 맛있게 식사를 했다. 그러면 안 선생과 딸은 실습하듯 엄마가 하는 대로 따라 하며 식사를 했다.

식사와 후식을 끝내고 났을 때 엄마가 핸드백을 열고 준비해 온 봉투를 안 선생 앞으로 내밀었다.

"택시비야. 택시 타고 가. 우리 집에 오는 건 다음 주부터지?"

"네. 저녁 맛있게 먹었습니다. 그리고 택시는 안 타고 가도 돼요. 아직 시간도 이른 데요, 뭘."

안 선생이 봉투를 받으려 하지 않자

"택시비만 넣었어. 아주 조금."

엄마가 자리에서 일어났다. 그러자 안 선생은 탁자 위에 놓인 봉투를 집어 가방에 넣었다. 딸은 그런 광경을 보며 엄마 목소리를 듣고 있었다. 부리는 사람한테 돈을 조금만 더 주면 충성을 해. 많이 주면 기어오르려 하고. 알았지?

땅거미가 지고 있다. 손 교수는 어둠 속으로 가라앉는 단풍나무들을 바라보고 있다. 단풍나무, 은행나무, 벚나무, 오리나무가 어우러져 있는 단풍색은 가히 환상적이다. 절묘한 코러스를 듣는 기분이다. 가을에 단풍이 든다고 하는 건 단풍나무가 단풍을 대표할 만큼 아름답기 때문일 것이다. 하지만 혼자 아름다운 건 함께 어우러져 아름다운 걸 따라갈 수 없다. 붉은 단풍나무와 노란 은행나무 그리고 엷은 자주색인 벚

나무와 연둣빛 오리나무가 무리 지어 빚어내는 저 오묘한 색의 조화를 어떤 색이 혼자 이겨 낼 수 있겠나? 그런데도 사람들은 혼자 돋보이려 한다. 혼자 돋보이려는 욕망이 지나치면 추해진다. 자연의 이치에 역행하기 때문이다. 손 교수가 땅거미가 지고 있는 공원에 앉아 이런 생각을 하고 있을 때 '까르르' 웃는 소리가 들렸다. 손 교수는 시선을 돌려 소리 나는 쪽을 바라보았다. 젊은 부부가 유모차를 끌고 자신 앞을 지나가며 내는 소리다. 그들이 미는 유모차 안에는 쌍둥이 남매가 타고 있었다. 세 살쯤 돼 보이는 쌍둥이는 부모가 밀어 주는 유모차를 타고 머리를 까딱이며 놀고 있다. 남매가 쌍둥이로 태어나다니! 손 교수는 미소를 지으며 멀어져 가는 유모차를 바라봤다. 인간이 빚어내는 행복한 그림이다. '나도 아이가 있었으면 지금 시간에 여기 앉아 있진 않겠지?' 자신을 향해 이런 질문을 던지던 손 교수는 머리를 저었다. 상상하는 것만으로도 머리가 저어졌다. 다른 사람과는 다르게 전개되고 있는 자신의 인생, 책임의 소재를 묻자면 그 책임은 자신한테 있다. 자신은 아내를 사랑하지 않은 채 부부가 됐고, 사랑하지 않은 채 가정이라는 울타리를 만들었다. 거기서부터 문제가 파생됐으니 책임을 져야 한다면 자신이 져야 한다. 한참 동안 허공을 응시하고 있던 손 교수는 머리를 갸웃하며 한 가지 의문에 잠겼다. 등반 사고가 난 건 내 인생에 짜여 있던 각본이었을까? 그가 친구 세 명과 북한산 등반을 갔다 추락한 건 33살 여름이었다. 젖은 이끼를 잘못 디뎌 높은 바위에서 추락했다. 헬리콥터가 와서 병원 응급실로 데려갔고 그는 병원에서 반년을 보냈다. 그때 손 교수를 지극정성으로 돌봐준 사람이 환자 도우미로 병원에 있던 지금의 아내였다. 반년이라는 길지 않은 시간 동안 도우미는 주위 모든 사람을 감동시킬 만큼 손 교수를 보살폈다. 어머니도 '얘야, 저 사람은 나보다 낫다. 나도 저렇게는 못 한다.' 하며 감탄했다. 그게 인연이 돼서 손 교수는 도우미와 결혼했다. 어머니의 적극적인 주선이 결혼을 진행 시키는 데 주된 힘이 되었지만 손 교수도 고마운 마음과 미안한 마음을 가지고 있었기 때문에 굳이 반대할 생각이 없었다. 이런저런 절차를 밟고 결혼이 진행되어 갈 때 손 교수는 자신이 뭔가 알 수 없는 힘에 떠밀려 간다는 걸 어렴풋이 알았다. 하지만 그땐 이미 다른 길을 선택하기엔 너무 늦어 있었다. 손 교수는 결혼하면 꼭 자신이 유학했던 독일의 쾰른대학에 아내와 함께 오리라던 생각을 접고 제주도로 신혼여행을 갔다. 신혼 첫날밤, 손 교수는 아내에게 너무도 냉랭해지는 자신의 몸을 보고 놀랐다. 흥분은커녕 밤이 빨리 가기만을 기다리는 자신을 보고 '이건, 잘못된 결혼이구나.' 하는 생각을 했다. 그렇게 시작한 결혼은 10여 년간 이어졌다. 그 10년 안에 손 교수는 아내 몰래 정관수술을 했고,

발성 연습을 한다는 명목으로 각방을 썼다. 아내의 집요한 요구로 성행위를 할 때도 마치 죄를 짓는 것 같은 불안감 속에서 끝냈다. 그런 자신을 아내가 포용할 리 없었다. 아내는 히스테리를 부리기 시작했고 시간이 지나면서 히스테리는 의부증으로 바뀌어 갔다. 아내는 모든 걸 의심의 눈초리로 바라봤고 심할 때는 입고 나가는 옷의 색깔을 보고도 의심했다. 그런 속에서도 외형적으로는 평온이 유지됐다. 우선 손 교수 자신이 딴 여자한테 눈길을 돌린 적이 없었고 아내를 무시하거나 비하한 적도 없었다. 그리고 학교에서 받는 월급은 꼬박꼬박 아내 통장으로 들어갔고 그 돈이 어떻게 쓰이는지 알려고 하지 않았다. 아내를 존중하는 남편으로서의 자세를 유지하며 살아왔다. 손 교수는 지금까지 살아온 자신의 모습이 위선이라고는 생각지 않고 있다. 위선이라면 선을 가장한 거짓이 있어야 하는데 자신 안에는 그런 거짓이 없었다. 공원 벤치에 앉아 시간을 보내고 있던 손 교수는 아파트 창문마다 밝은 불이 켜지자 자리에서 일어났다. 자신도 집에 가야 한다고 생각하면서.

그때 전화벨이 울렸다. 전화를 받기 위해 핸드폰을 열던 손 교수 얼굴이 순간적으로 밝아졌다.

"저 혜륜인데요. 전화 받으시기 불편하지 않으신가요?"

"아, 아닙니다. 말씀하십시오."

"유튜브 방송이 처음 나갔는데 손 교수님 노래가 폭발적인 인기를 끌었어요. 손 교수님이 이끄는 동아리에 회원으로 가입하겠다는 사람들이 줄을 잇고 있어요."

혜륜의 목소리가 통통 튀는 물방울처럼 들렸다.

"다행이군요. 그럼 언제 만나서 구체적인 방법을 의논하지요."

손 교수는 자신이 한 말을 들으며 스스로 놀랐다. 음성이 한껏 들떠 있어서였다.

"돌아오는 수요일 저녁 시간 어떠세요?"

"좋습니다. 수요일 오후는 쭉 비어 있습니다."

"그럼 시간을 더 조율한 후에 연락드리겠습니다. 안녕히 계세요."

"혜륜 씨도 안녕히 계십시오."

손 교수는 끊긴 핸드폰을 손에 들고 물끄러미 바라봤다. 새 지평이 열리는 것처럼 가슴이 설렜다.

6

1 환희지

법석을 차리다
생명의 '실상'

1. 환희지

해인스님이 결가부좌를 하고 법석에 앉아 계신다. 스님 주위가 고요하다. 고요함이 향기롭다. 반안(半眼)을 뜨고 정좌하고 계신 스님 모습이 아름다워 숨이 막힌다. 대중은 그런 스님을 경건한 마음으로 바라본다. 잠시 후 선정에서 깨어나신 스님이 대중을 둘러본다. 상지 보살, 박광효 총장, 향산, 노 기자, 송혜륜, 강원해, 손 교수, 수희 모습이 차례로 스님 시야에 들어온다. 해인스님은 미소를 지으며 한 사람 한 사람 바라보다가 조용히 입을 여신다.

오늘은 우리가 공부하려는 10지품을 처음 시작하는 날입니다. 화엄경 십지품 중 첫 번째 단계인 환희지는 깨달음을 향해 구도의 길을 가던 수행자가 마침내 진리를 체득하고 그 기쁨에 환희용약하는 자리를 말합니다. 십지품 중 제1지가 진리를 체득한 자리니 십지품 전 과정은 진리를 체득한 구도자가 부처님 세계를 향해 수행을 증진시켜 나아가는 과정을 설명한 것입니다. 그러므로 우리 중생들의 세계와는 차원을 달리하고 있습니다. 그래서 경전에서도 '범부지를 넘어서 보살의 필정위(必定位)에 들어가 부처님의 집에 태어난다.'라고도 하고 '일체의 세간(世間)길에서 나와 출세간(出世間)의 길로 들어감으로써 보살의 법성에 거처한다.'라고 했습니다. 보살의 필정위란 반드시 부처가 될 보살의 부동한 경지를 가리키며, 보살의 법성이란 보살 자체의 본성, 즉 진리를 말합니다. 여기서 말하는 보살은 진리를 체득한 수행자를 말합니다. 이상의 사실에서 볼 때 범부지를 초월한다는 것은 우리의 의식영역이 완전히 소멸된 상태를 이르는 것입니다. 일상다반의 의식영역이 완전히 소멸됐다고 하면 그럼 아무것도 없는 공허 상태냐? 라고 할 수 있는데 그렇지는 않고 완전히 다른 세계가 열리는 것을 말합니다. 매미 유충은 땅속에서 7년 정도 살다가 땅 밖으로 나와 껍질을 벗고 매미가 됩니다. 유충이 매미가 됐기 때문에 생명으로 보면 하나의 생명이지만 유충으로 땅속에 있는 애벌레와 허공을 나는 매미는 완전히 다른 세계를 사는 것입니다. 깨닫기 이전 중생의 세계와 깨달은 후 보살의 세계는 이렇게 다른 것입니다. 그러므로 땅속의 애벌레가 허공을 나는 매미의 세계를 모르듯이 범부로 사는 우리 중생들은 진리를 체득한 보살의 세계를 사실상 모른다고 할 수 있습니다. 하기 때문에 부정할 수도 있고 왜곡해서 이해할 수도 있지요. 하지만 진리의 길에 들어선 구도자는 성현들이 말씀해 놓은 세계를 믿고 따라갑니다. 믿는다는 것은 이정표를 손에 쥔 것과 같기 때문에 구도자는 신심을 놓아서는 안 됩니다.

그럼 깨달음이란 무엇을 말하는 것인가? 이 물음에 대한 답은 스스로 깨닫지 않고는 얻을 수 없습니다. 바다에 대한 설명을 아무리 많이 듣는다 해도 실제로 바다에 가서 온몸으로 접해 보지 않으면 바다를 알 수 없는 것과 같습니다. 하지만 구도의 길에 들어선 우리는 깨달음을 향해 나아가는 수행자이기 때문에 깨달음을 다 체험하지는 못했습니다. 그래서 깨달음을 얻은 성현의 말씀을 참고할 수밖에 없습니다. 환희지에서 말하는 깨달음은 아라야식의 뿌리가 뽑혀 나간 체험을 말합니다. 자아의식 가장 깊은 곳에 켜켜이 쌓여 있는 아라야식의 뿌리가 뽑혀 나가는 체험을 했다는 것은 무아(無我)의 체험을 했다는 말과 같습니다. 무아는 말 그대로 내가 없는 상태를 말합니다. 나라고 생각했던 자아가 뿌리째 뽑혀 나가 텅 비어 버린 상태, 절대 공(空)을 체험한 것이지요. 이 때의 경험을 어느 스님은 이렇게 표현했습니다. '온몸이 광명 속으로 빨려 들어가 완전히 해체돼 버렸습니다. 어디에도 나란 존재는 없었습니다. 내가 광명의 세계고 광명의 세계가 나였습니다.' 깨달음의 경험은 각각 다릅니다. 그리고 깨달음의 경험은 불교인들만 하는 것이 아닙니다. 지금까지 자신을 지탱해 왔던 자아라는 의식이 뿌리째 뽑혀 망망대해와 같은 진리에 흡수되어 하나가 되는 체험, 그런 체험을 하면 깨달음의 체험을 한 것입니다. 경천동지(驚天動地)할 체험을 한 보살은 지금까지 경험하지 못했던 환희심을 느끼고 하늘을 오를 것 같은 기쁨에 취하게 됩니다. 이 상태를 환희용약한다 해서 환희지라 합니다. 견성한 보살이 처음 경험하게 되는 단계지요. 경전에서는 이 환희지의 특징을 두 가지로 요약해 설명합니다. 그것은 최고의 불지(佛智)를 구해 가는 마음과 모든 사물에 대한 욕구를 버리는 일이라고 말입니다. 이 두 마음은 내면적으로 연결돼 있다고 볼 수 있지요. 부처님 지혜를 구한다 함은 모든 욕구를 버리는 일이며, 모든 욕구를 버림으로써 오롯하게 불지를 구하는 일에 전력할 수 있기 때문입니다. 이 자리에 이르면 자리행과 이타행이 모순을 일으키지 않고 실천에 옮겨지게 됩니다. 보살로서 자격을 갖추게 되는 것입니다.

   조용히 마음을 가다듬고 다시 한 번 환희지를 조명해 봅시다. 환희지는 구도의 길에 들어섰던 구도자가 온갖 경험을 통해 자신의 공부를 심화시켜 가다 마침내 도(道)를 성취한 자리를 말합니다. 자아의 심층에 자리하고 있던 아라야식이 뿌리째 뽑혀 무아(無我)를 경험하고 공(空)을 체득한 자리가 환희지입니다. 자신을 가두고 있던 둑이 완전히 무너져 진리와 하나가 되었음을 체득한 구도자는 하늘을 뛰어오를 것 같은 기쁨에 휩싸입니다. 흥분의 도가니에 잠기게 되지요. 그러던 구도자는 흥분을 가라앉히고 고요히 내면을 통찰합니다. 자신이 비로소 부처님 지혜를 구해 갈 수 있는 힘과 이타행을 할 수 있는 힘을 얻었음을 알게 됩니다. 상구보리와 하화중생을 할 수 있는 보살로서 자격을 갖추었음을 인지하게 된 것이지요. 보살은 세상 사람들을 바라봅니다. 그러던 보살은 깊은 고뇌에 잠깁니다. 세상 사람들이 권력욕 재물욕 명예욕 애욕 등으로 고통의 늪 속을 허우적대고 있을 뿐 아니라, 시기심 질투심 증오심 복수심 등으로 자신을 불태우고 있어서입니다. 보살은 다시 세상 사람들을 바라봅니다. 그러던 보살은 더욱 깊은 고뇌에 잠깁니다. 세상 사람들이 무지 속에서 잘못 판단하고 잘못 이해하면서 끝없이 고통을 만들어 가고 있어서입니다. 먼저 말한 탐심과 진심도 실은 무지에 뿌리를 내리고 있기 때문에 생겨나게 되는 것이지요.

'저들을 구하지 못한다면 내가 얻은 이 기쁨이 대체 무슨 가치가 있단 말인가? 저들을 구하기 위해선 내가 불지(佛智)

를 성취해야 한다. 부처님 지혜를 성취하는 일에 전력하자.'

중생을 구제하기 위해선 자신이 부처님 지혜를 성취해야 함을 통찰한 보살은 상구보리와 하화중생의 원력을 굳건히 세우고 보살로서 힘찬 발걸음을 떼게 됩니다. 그 자리가 바로 환희지입니다. 경전에는 이때 무수한 부처님이 나타나 보살을 찬탄하고 격려한다고 되어 있습니다. 상구보리와 하화중생 할 수 있는 보살로서 자격을 갖추었음을 부처님으로부터 인가받은 것이지요. 그리고 공부를 향상시켜 갈 수 있는 능력이 갖추어졌음을 부처님으로부터 인가받은 것입니다. 지금 말씀드린 내용을 깊이 사유해 보면 환희지가 어떤 자리인지를 이해하게 될 것입니다. 이것으로 미흡하나마 십지품 중 첫 번째 단계인 환희지에 대한 법문을 마치도록 하겠습니다.

법문을 마친 해인스님은 좌중을 향해 미소 지으며 합장했다. 선우(善友)에 대한 예경의 마음을 가득 담아서다. 좌중은 깊은 감동 속에서 스님을 우러러보며 합장배례했다. 스승에 대한 지극한 예경의 마음을 담아서다. 아름답고 향기로운 법석, 부처님과 교류하고 있는 것 같은 충만감이 장내를 가득 채웠다.

노 기자는 조용히 자리에서 일어나 방송 장비를 정돈했다.

"해인스님은 한 그루의 향 같으세요. 스님 법문을 듣고 있는 한 시간 내내 저는 그윽한 향내를 맡고 있었어요. 그윽하다는 표현이 마음에 안 드네요. 향내를 맡았다는 말도 마음에 안 들고요. 설명할 수 없는 오묘함, 그 말도 마음에 안 들어요. 뭐라고 표현해야 할지 모르겠어요."

혜륜이 답답해하는 얼굴로 좌중을 둘러봤다.

"그럴 때는 불가설이라고 하면 됩니다. 말로는 설명할 수 없다는 뜻이죠. 부처님 세계를 설명할 때 주로 쓰는 말입니다."

원해가 환하게 웃으며 말했다. 원해의 웃는 얼굴이 분위기를 가볍게 했다.

"절에 가 보면 문수보살, 보현보살, 관세음보살, 지장보살 같은 상수보살님들의 탱화가 모셔져 있는데 그 보살님들은 한결같이 온갖 보석들로 치장을 하고 계셨습니다. 저는 그런 탱화들을 볼 때마다 고개를 갸웃했지요. 부처님 경지에 오른 높은 보살님들도 보석을 좋아하시나 보다 하고요. 그런데 지금 두 분이 나누는 대화를 듣고 보니 문수보살, 보현보살, 관세음보살, 지장보살 같은 분들이 지니고 계신 공덕을 그림으로는 도저히 표현할 수 없으니 인간들이 가장 귀하게 여기는 보석들로 몸을 치장시켜 그분들의 공덕을 대신 설명하려 했던 것 같습니다. 제 생각이 맞습니까?"

노 기자가 총장 쪽으로 고개를 돌리며 물었다.

"역시 노 기자는 명기자야. 하나를 들으면 열 가지를 유추하니 말이야."

"기자가 추리력이 뛰어나면 큰일 납니다. 추측 기사를 쓰고 싶은 유혹에 빠지거든요. 총장님 표정을 보니 제가 틀린 말을 한 거 같지는 않은데요."

"나도 절에 처음 갔을 때 노 기자 같은 의문이 들었어. 그래서 주지 스님께 여쭤봤더니 그렇다고 하시더군. 스님이 긍정해 주셨으니 노 기자 추리력은 정확한 거야. 역시 명기자야."

총장이 엄지손가락을 치켜세웠다.

"저한테 용기를 주는 분은 엄지척을 하시는 총장님밖에 없습니다. 감사합니다."

노 기자가 고개를 숙였다. 웃음소리와 함께 장내 분위기가 더욱 가벼워졌다.

"오늘 해인스님이 하신 법문을 주제로 토론을 합시다. 서로 토론하다 보면 법문 내용이 더욱 확실하게 이해될 테니까요."

총장이 제안했다.

"그러잖아도 질문하고 싶은 게 많았는데 기회를 주셔서 감사합니다. 해인스님은 깨달음을 얻는 순간 아라야식이 뿌리째 뽑히는 경천동지(驚天動地)의 경험을 하게 된다고 하셨는데 아라야식이 뿌리째 뽑힌다는 건 무엇을 말하는 것인가요?"

향산이 물었다.

"불교 공부를 많이 한 강 박사가 설명해 보게."

총장이 원해를 보며 미소 지었다.

"남대문을 못 본 사람한테 남대문을 설명하라는 것과 같아 당황스럽습니다만 아는 대로 설명을 해 보겠습니다. 아라야식은 인간 의식 가장 깊은 곳에 자리하고 있는 제8식을 말하는 데 유식에서는 안식(眼識), 이식(耳識), 비식(鼻識), 설식(舌識), 신식(身識), 의식(意識)을 6식이라 하고 말나식을 7식, 아라야식을 8식이라 합니다. 안식은 눈으로 인식하는 세계를, 이식은 귀로 인식하는 세계를, 비식은 코로 인식하는 세계를, 설식은 혀로 인식하는 세계를, 신식은 몸으로 인식하는 세계를, 의식은 마음으로 인식하는 세계를 말합니다. 그리고 말나식은 자의식을, 아라야식은 인식했던 모든 기억이 씨앗처럼 저장돼 있는 창고를 뜻합니다.

모든 인식의 종자가 저장돼 있는 8식인 아라야식은 선악을 드러내는 거대한 바다고, 제7식인 말나식은 에고(ego)에 좌우되는 아만(我慢)의 마음이며, 6식은 탐진치(貪瞋痴)로 드러나는 생명적 작용이라 합니다. 현대 심리학에서는 6식을 의식 세계, 7식과 8식을 무의식의 세계로 보고 있습니다. 아라야식이 뿌리째 뽑히는 경천동지의 경험을 하게 된다는 말은 지금까지 나라고 하는 에고의 인식 위에서 펼쳐졌던 세계가 사라지고 우주 근원과 합일된 세계가 펼쳐지는 경험을 하게 되니 얼마나 놀랍겠습니까? 그야말로 경천동지의 경험을 하게 되는 거지요."

설명을 들은 대중들은 이해하려는 표정을 지으며 원해를 바라봤다.

"6식으로 인식되는 현상세계는 물론 7식인 자아의식의 심층 세계도 모두 8식인 아라야식에 저장되는데, 아라야식의 뿌리가 뽑힌다고 하는 것은 지금까지 나를 지탱해 왔던 인식의 체계가 완전히 뒤바뀐다는 것을 뜻합니다. 따라서 에고에서 벗어나 이타행의 실천이 가능해지는 보살의 자리에 설 수 있게 됩니다. 이 유식사상은 유식종이라는 종파를 만들 만큼 깊고 방대하기 때문에 더 자세한 것은 저로서도 설명할 수 없습니다."

원해가 합장하며 설명을 끝냈다.

"강 박사의 설명대로 유식사상은 하나의 종파를 만들 만큼 그 뿌리가 깊고 방대해서 여기서 설명을 더 하면 너무 난해해지니 아라야식의 설명은 이 정도에서 끝내는 것으로 합시다. 참고로 한 가지 더 설명을 곁들인다면 불교의 유식사상은 현대 심리학의 이론과도 상당 부분 그 맥을 같이 하고 있습니다. 다른 분 질문을 더 받겠습니다."

총장이 좌중을 둘러봤다.

"제가 한 번 더 질문을 드리겠습니다. 혼자 질문을 해서 죄송합니다. 조금 전 강 박사는 아라야식의 뿌리가 뽑힘으로 해서 이타행의 실천이 가능해지는 보살 자리에 설 수 있다고 했는데 보살에 대한 설명을 더 해 주시면 좋겠습니다."

향산의 질문을 받은 총장은 원해 쪽으로 고개를 돌렸다.

"이번에도 강 박사가 답을 하지."

"그래 보겠습니다. 보살을 설명하려면 대승불교를 먼저 설명하는 게 좋을 것 같습니다. 대승(大乘)은 큰 수레라는 뜻으로 일체중생을 큰 수레에 태워 열반의 언덕으로 나른다는 의미입니다. 대승불교가 등장하게 된 동기는 석가모니부처님이 돌아가신 이후 형성된 불교 교단의 스님들이 자신들의 깨달음에만 몰두해 승가 중심의 독선적인 교단을 운영하는 데서 비롯되었습니다. 그 당시 스님들은 왕이나 귀족들의 후원을 받아 안정된 생활을 하면서 난해한 이론을 만들어 서로 다른 교파를 만들기도 하고, 자신의 깨달음만을 추구하는 승가 중심의 현실 도피적 수행을 일삼았습니다. 깨달음은 출가 수행자만이 얻을 수 있다고 생각했기 때문에 깨달음의 대열에서 재가자들을 제외했지요. 여기에 반기를 들고 일어난 게 대승불교 운동이었습니다. 대승불교 운동은 재가자 중심으로 일어났는데 모든 생명 안엔 부처님과 같은 불성이 있다. 따라서 사람은 누구나 다 수행을 통해 성불할 수 있다. 그러므로 나는 일체 생명을 성불시켜 이 세상을 정토로 만드는 일에 전력하겠다. 그러기 위해선 우선 내가 부처님과 같은 지혜와 힘을 길러야 한다. 그 힘을 기르기 위해 나는 수행에 전념하겠다. 이렇게 서원을 세우고 공부하던 수행자가 마침내 아라야식이 뿌리째 뽑히는 경천동지의 경험을 하게 된 거지요. 아라야식이 뿌리째 뽑힌다는 것은 자아의 둑이 무너져 내가 진리의 근원과 하나가 되는 무아(無我), 즉 공(空)을 체득했다는 것입니다. 이런 체득을 하고 나면 상구보리, 하화중생의 보살 서원이 더욱 굳건해지지 않겠습니까? 이타행을 실천할 수 있는 보살 자리에 섰다는 것은 바로 그런 걸 설명한 것입니다."

원해가 설명을 마쳤다.

"설명을 듣고 나니 궁금한 게 풀렸습니까?"

총장이 향산을 보며 물었다.

"네. 이해가 됐습니다. 그리고 이 자리를 빌려 제가 총장님께 청을 드리겠습니다. 앞으로는 저한테도 하게를 해 주십시오. 강 박사한테만 하게를 하니 차별대우를 받는 거 같아

섭섭합니다."

향산이 불만을 표시하자

"아, 그래요? 앞으로는 선우 박사한테도 하게를 하겠네."

총장이 향산을 보며 미소 지었다.

"선우 박사님 청은 곧 저희들 청입니다. 수희 님과 혜륜 씨를 대신해서 저도 같은 청을 드리니 우리한테도 하게를 하십시오. 차별대우를 받는 것 같아 정말 섭섭합니다. 그렇지 않습니까?"

손 교수가 수희와 혜륜을 보며 물었다.

"네. 그렇습니다."

수희와 혜륜은 웃으며 가볍게 손뼉을 쳤다.

"알았어. 나도 말하기가 편해서 좋군."

총장이 웃었다.

"내친김에 한 번만 더 질문을 드리겠습니다. 용서해 주십시오. 보살의 개념은 이해가 됐는데 보살로서 완성을 이루어 가려면 어떤 공부를 해야 합니까"

향산이 미안한 표정을 지으며 질문하자

"이번에도 강 박사가 답을 하게."

총장이 다시 지목을 해 주었다.

"저도 내친김에 설명을 다 하겠습니다. 보살로서 완성을 향해 나아가는 수행은 바라밀 수행입니다. 바라밀이란 건너다, 나르다, 라는 의미를 지니고 있는데 고통으로 가득 차 있는 현실 세계에서 가장 이상적인 열반의 세계로 나르는, 가게 하는 수행법이 바라밀 수행입니다. 대승불교에서 보살이 하는 수행을 육바라밀이라 하는데 육바라밀은 여섯 가지의 바라밀 수행을 말합니다.

첫째는 보시바라밀입니다. 보시는 말 그대로 남에게 주는 것입니다. 보시바라밀 안에는 물질로 남을 돕는 재시와 진리를 가르쳐 주는 법시, 그리고 불안감과 두려움의 감정을 진정시켜 주는 무외시, 이렇게 세 종류가 있습니다. 물질로, 지혜로, 자비의 마음으로 남을 돕는 걸 보시라 합니다.

두 번째는 지계바라밀입니다. 지계는 말 그대로 계율을 지키는 것인데 자신의 양심에 비추어 보아 부끄러움이 없는 행동을 하는 것이 지계바라밀을 실천하는 것이라고 이해하면 될 거 같습니다.

세 번째는 인욕바라밀입니다. 인욕은 참는 것이니 나한테 부당한 일이 닥치더라도 화를 내거나 복수를 하려 하지 않고 고요히 마음을 가라앉히고 그 과정을 넘기는 것입니다. 참을 인(忍) 자를 세 번만 써도 살인을 면할 수 있다는 말은 인욕의 중요성을 설명한 말입니다.

네 번째는 정진바라밀입니다. 정진은 꾸준히 노력하는 것을 말합니다. 꾸준히 노력하는 일이야말로 내면의 힘을 기르는 일이고 마음을 오롯이 통일시켜 가는 일입니다.

다섯 번째는 선정바라밀입니다. 선정은 우리가 알고 있는 대로 산란한 마음을 잠재우고 내면을 고요히 하여 진리의 당체를 드러나게 하는 것입니다.

여섯 번째는 반야바라밀입니다. 반야는 최고의 지혜, 무지가 완전히 소멸된 지혜를 말합니다.

지금 설명한 내용이 보살이 자신의 수행을 완성해 가는 공부의 과정입니다. 미흡하나마 보살 설명은 이것으로 끝내겠습니다."

원해가 합장하며 고개를 숙였다.

"강 박사 설명을 듣고 나니 총장님의 엄지척이 무외보시라는 걸 알게 됐습니다. 마음으로 용기를 북돋아 줘서 자신감을 갖게 해 주는 거, 그게 무외보시 아닙니까?"

노 기자가 새로운 사실을 알아 기쁘다는 듯 환한 얼굴로 말했다.

"역시 노 기자는 명기자야. 요점을 정확히 찍어 내거든."

총장이 엄지척을 하자 모두 웃었다.

"엄지척이 무외보시라는 걸 알고 나니 보시바라밀의 실천이 손안에 꽉 잡히는 느낌입니다. 상대방한테 용기를 심어 주는 거, 그래서 살맛 나게 도와주는 거, 엄지척으로 그 일을 할 수 있다니 이거 참 엄청난 발견인데요."

향산이 들뜬 음성으로 좌중을 둘러봤다.

"그러니 우리 다 엄지척을 하며 살자고. 웃는 얼굴로 환하게 미소 짓는 거, 전화 한 통 문자메시지 한 줄로 삶의 기쁨을 발견하게 하는 거, 이런 건 어렵지 않잖아?"

"그건 마음일 거 같아요. 마음이 거기에 미쳐 있으면 쉽지만 그렇지 않으면 너무 어려울 거 같아요. 악플을 다느라 날밤을 지새우는 사람한테 다른 사람의 용기를 북돋아 주는 말을 하라고 하면 차라리 죽지 그렇게는 못 하겠다고 할 거 같은데요."

혜륜의 말을 듣고 모두 웃었다.

"그렇군. 하지만 우린 밝은 쪽만 보자고. 햇빛이 밝게 비치면 옆의 어둠은 스러지게 돼 있어. 아무리 더러운 물도 맑은 물이 계속 들어오면 맑아지는 법이거든."

"저는 우리가 사는 세상에 밝고 따뜻한 마음을 지닌 사람이 의외로 많다는 걸 다시 확인했습니다. 라면 형제로 불리는 어린이들 있지 않습니까? 그 아이들 치료비로 써 달라고 한 강성심병원에 19억여 원의 후원금이 몰렸다고 하더군요. 그 어린이들을 위해 지정 기부를 받는 사단법인에도 천여 명의 사람들이 2억 2천 7백만 원의 기부를 했다고 합니다. 2억 2천여만 원의 기부금이 모이는 데 천여 명이 참여했다면 19억여 원이 모이는 데는 만여 명이 참여했다는 얘기가 아닙니까?

생면부지의 어린이를 돕기 위해 짧은 기간 동안 만여 명의 마음이 움직였다는 건 우리 사회가 밝은 사회라는 걸 증명하는 겁니다. 사악한 무리들이 득실대는 거 같아도 우리가 사는 세상은 따뜻한 마음을 가진 사람들이 주류를 이루고 있음이 분명합니다."

"좋은 예를 들었어. 〈따뜻한 우리, 참다운 대한민국〉 충분히 가능해. 모두의 생명이 활짝 꽃피는 대한민국을 만들어 가자고."

총장 말이 끝나자 모두 동의의 뜻으로 박수를 쳤다.

"첫 회분 유튜브 방송 조회자 수가 17만 8천여 명 정도 됩니다. 법문에 관심을 가진 사람이 8만 명 정도 되고 나머지는 손 교수님 노래에 관심을 가진 분들이었습니다. 유튜브 운영은 강 박사님과 노 기자님이 맡고, 조회자 분석은 D 대학 학생들이 맡아서 하기로 했습니다. 분석한 내용 중에 공부에 관한 질문은 강 박사님 연구실 연구원들이 매회 33명을 추려 답을 작성하고 작성한 답에 대한 점검은 1차로 강 박사님이, 2차로 총장님이, 3차로 상지 보살님이 하셔서 게시하기로 했습니다. 공지할 내용이나 〈따뜻한 우리, 참다운 대한민국〉에 관한 원고는 노 기자님과 제가 맡기로 했습니다. 이상으로 유튜브 방송에 관한 보고를 마치겠습니다."

혜륜이 합장하며 고개를 숙였다.

"이제 뼈대가 잡혀 가는군. 모든 일은 물 흐르는 것처럼 순리대로 하자고. 비틀거나 조작하지 말고. 우리 얘기는 이제 마무리가 된 거 같은데, 음악회 얘기를 하지. 오늘 예경원에서 음악회가 있다는 말을 들었는데."

총장이 수희 쪽으로 고개를 돌렸다.

"네, 오늘 예경원에서 작은 음악회를 열기로 했습니다. 강릉에 있는 사람들 중심으로 손 교수님과 인사를 나누는 자리를 마련하려고요. 제가 강릉 명물 감자옹심이를 준비했는데 드시고 예경원으로 자리를 옮기시죠. 상지 보살님이 음악회 준비를 하고 계십니다."

수희가 설명했다.

"11월 깊은 가을에 예경원에서의 음악회라! 행복감이 가슴속을 꽉 채우는군."

총장이 지그시 눈을 감으며 미소 지었다.

"저는 강릉의 명물 감자옹심이에 관심이 더 갑니다. 감자옹심이를 빨리 먹으려면 어떻게 해야 합니까?"

손 교수가 웃으며 손을 들자

"식탁으로 자리를 옮기면 됩니다. 이리로 오십시오."

수희가 앞장섰다. 그러자 모두 웃으며 자리에서 일어났다. 총장의 말대로 행복감이 모두의 가슴속을 꽉 채웠다.

11월의 햇살이 예경원 뜰을 가득 채우고 있다. 공기는 쌀쌀하지만 모두가 행복한 얼굴이다. 약초들도 화려했던 저마다의 옷을 벗고 편안한 갈색으로 몸을 감싸고 있다. 돋보이지 않으려 하니 모두가 편안하다. 예경원 연못 주위에 만들어진 야외무대엔 100여 명의 사람들이 앉아 있다. 노부부의 모습도, 자녀들과 함께 온 젊은 부부의 모습도, 연인들의 모습도 눈에 띈다. 무대 위엔 마이크와 함께 바이올린, 기타, 하모니카도 놓여 있다. 누구든 나와서 노래를 부르고 악기로 연주를 하라는 배려였다. 무대 옆엔 화덕이 있고 화덕 안엔 숯불이 빨갛게 타고 있다. 위에 얹혀 있는 찻물이 식지 않도록 맡은 소임을 다하기 위해서다. 오후 3시가 되었을 때 상지 보살이 손 교수와 함께 자리에 앉았다. 그러자 대중들이 미소 지으며 박수를 쳤다. 감사함에 대한 화답이다. 박수를 치는 대중들 속엔 박 총장 일행의 모습도 보인다. 모든 준비가 완료되었을 때 김하림 씨가 마이크 앞에 섰다.

"저는 상지 보살님으로부터 그림을 사사받고 있는 김하림입니다. 오래전부터 보살님 옆에서 〈따뜻한 우리, 참다운 대한민국〉의 창립을 지켜보고 있었기 때문에 이 모임의 성격을 누구보다 잘 알고 있습니다. 생명은 따뜻한 땅에서 꽃을 피

웁니다. 나의 생명, 너의 생명, 우리 모두의 생명이 꽃을 피울 수 있는 따뜻한 땅, 그 땅이 대한민국이라면 우리가 살고 있는 나라는 참다운 국가가 아니겠습니까? 그 일을 함께하기 위한 모임이 탄생한다는 걸 알았을 때 저희도 참여하고 싶은 욕망이 생겼습니다. 여기 계신 분들은 평소 상지 보살님을 존경하고 따르는 강릉 시민들입니다. 저희는 유튜브 방송을 통해 손 교수님 노래를 듣고 모두 반해서 〈따뜻한 우리, 참다운 대한민국〉의 지회를 만들자고 의견 일치를 보았습니다. 저희 지회 이름은 〈그네〉입니다. 그네는 단옷날 강릉지방에서 유행한 놀이입니다. 땅에서 솟구쳐 하늘을 오르는 유일한 놀이지요. 저희 〈그네〉가 〈따뜻한 우리, 참다운 대한민국〉의 두 번째 지회 같습니다. 저희 지회를 환영해 주신다면 손 교수님이 '그네'를 불러 주십시오. 저희는 손 교수님을 모시고 노래를 통해 따뜻한 마음을 만들어 가겠습니다."

김하림 씨의 인사말이 끝나자 박수 소리가 연못 주변을 가득 채웠다. 그러자 손 교수가 자리에서 일어나 무대로 나왔다.

"저를 이렇게 환영해 주시다니요. 감격해서 가슴이 떨립니다. 앞으로 저도 여러분들과 같이 노래를 부르며 따뜻한 마음을 만들어 가겠습니다. 그럼 '그네'를 부르겠습니다."

세모시 옥색치마 금박물린 저 댕기가
창공을 차고 나가 구름 속에 나부낀다
제비도 놀란 양 나래 쉬고 보더라

한 번 구르니 나무 끝에 아련하고
두 번을 거듭 차니 사바가 발아래라
마음의 일만 근심은 바람이 실어 가네

 손 교수 노래가 예경원 뜰을 가득 메웠다. 무지개색을 담고 있는 음색, 노래를 듣고 있는 사람들은 설명할 수 없는 감동 속으로 젖어 들었다. 무언가의 힘으로 위로받는 기분, 무언가의 힘으로 이해받는 기분, 가슴 밑바닥에서부터 울려 퍼진 진동이 머리끝까지 발끝까지 미세한 파장을 일으키며 퍼져 나갔다. '그네'가 끝나자 우레와 같은 박수 소리와 함께 신청곡이 이어졌다. 한국가요, 외국가요, 민요, 대중음악까지. '홍도야 울지 마라'까지 부르고 났을 때 사람들은 저마다 무대 위로 올라와 기타를 치며 노래를 부르기도 하고 하모니카를 불며 노래를 부르기도 했다. 바이올린으로 비창을 연주하는 노신사도 있었다. 노래의 굿판. 음률에 마음을 실어 내면의 응어리들을 쏟아 내면서 자신을 정화하고 있었다. 40대 초반의 고운 여인이 손 교수와 함께 '솔베이지 송'을 듀엣으로 부르면서 음악회는 끝났다. 서로에게 이해받은 느낌, 서로에게 위로받은 느낌, 음악회가 끝났음에도 예경원 뜰에 모인 사람들은 자리를 그대로 지키고 있었다. 연못 주위론 어둠이 내려앉았고 화덕 안의 숯불은 어둠 속에서 더욱 선홍색으로 타고 있었다.

"이쪽으로 오셔서 차를 마시세요."

수희가 큰 소리로 말하자 화덕 옆에서 계속 숯불을 살려내던 장 노인이 슬그머니 어둠 속으로 몸을 돌렸다. 빨갛게 타오르는 숯불을 보던 사람들은 그제야 차를 마시고 싶다는 생각을 하며 자리에서 일어났다. 손 교수도 총장 일행도 자리에서 일어나 화덕 쪽으로 걸어갔다. 일체감, 한마음, 예경원 음악회는 그렇게 〈따뜻한 우리, 참다운 대한민국〉의 서막을 열었다.

7
죽음의 이해, 삶의 이해

지하철 좌판대에서 신문을 산 원해는 지하철에 올라 자리를 잡고 앉았다. 차가 조금 달리자 원해는 옆 사람들에게 방해되지 않게 신문지면을 접어서 들고 신문을 읽기 시작했다. 일면 상단에 '대한민국 초일류 시대 연 개척자'란 제목과 함께 이건희 삼성그룹 회장 사진이 실려 있었다. 그리고 '이건희 회장 투병 6년여 만에 별세. 삼성반도체 스마트폰 신화 일궈'라는 머리기사가 실려 있었다. 원해는 1면에 실린 박스 기사를 읽어 나갔다. '한국경제를 글로벌 초일류 시대로 이끈 이건희 삼성 회장이 25일 숙환으로 세상을 떠났다. 2014년 5월 심근경색으로 쓰러져 투병한 지 6년여 만이다. 향년 78세. 삼성서울병원 관계자는 이 회장의 병세가 급격히 악화되면서 신장 기능이 급속도로 떨어졌다고 했다. 1987년 삼성 회장에 오른 이 회장은 미래지향적이고 도전적인 경영으로 삼성을 세계적인 초일류 기업으로 성장시켰다. 1993년 '마누라와 자식만 빼고 다 바꾸라'며 근본적인 변혁을 강조

한 〈신 경영선언〉에서 취임 25주년인 2012년 〈창조경영〉에 이르기까지 한순간도 변화와 혁신을 멈추지 않았다. 그 결과 1992년 세계 최초 64MD램 개발을 시작으로 삼성은 반도체 스마트폰 TV 등 20여 개 품목에서 세계 점유율 1위를 달리고 있다. 이 회장은 2003년 소득 2만 시대를 가장 먼저 주창한 선구적 경제인이었다. 또 국제 올림픽 위원회(IOC) 위원을 지내면서 2011년 평창 올림픽 유치를 이끈 스포츠인이었고 근대미술의 보고인 리움미술관을 설립한 문화예술인이었다. 장례는 고인과 유족들의 뜻에 따라 가족장으로 치러진다. 발인은 28일 오전 예정이며 장지는 수원 가족 선영으로 정해졌다.'

원해는 신문을 접어 무릎 위에 놓고 눈을 감았다. 이건희 회장은 지금 어떤 모습으로 영계에 머물고 있을까? 이런 의문에 잠겨 보았지만 얼른 그 모습이 떠오르지 않는다. 이건희 회장은 1942년 대구에서 태어났다. 1942년이면 해방되기 3년 전이다. 주권을 잃은 동방의 작은 반도 나라, 2차 세계대전을 이끌던 일본의 속국으로 이름도 일본식으로 지어야 했던 때다. 여명 이전이 가장 어둡다 한다. 해방 3년 전에 출생했으니 시기적으로도 가장 암울할 때였다. 걸음을 옮길 때 해방을 맞았고 책가방을 메고 학교에 들어갈 때 전쟁을 맞았다. 그의 집안은 원래 재산이 있었다 하니 배고픔까지는 경험하지 않았겠지만 암담한 시기를 또래 아이들과 함께 넘기며 성장했을 것은 틀림없다. 그렇게 성장한 그는 세계 속에서 '대한민국'이라는 나라를 초일류국가로 부각시키는 데 혁혁한 공을 세웠다. 그 덕분에 대한민국 국민도 세계에 나가 대접을 받게 되었다. 한 인물의 집념으로 이런 기적을 만들어 낸다는 게 가능한 일인가? 그런데 그는 그 기적을 만들어 냈다. 그는 이제 육신을 벗어 놓고 우리의 시야에서 모습을 감췄다. 그는 지금 어디에 가 있을까? 거기에선 어떤 모습을 하고 있을까? 살아있을 때 세운 혁혁한 공으로 높은 천상 세계에 가 있을 거 같기도 하고, 현상계에 대한 강한 집념 때문에 환생의 언저리를 맴돌고 있을 것 같기도 했다. 삼성이라는 이름 안에 축적된 재산은 평범하게 살아 온 우리들의 머리로는 헤아릴 수 없다. 국내외에 산재한 그 많은 빌딩, 그 많은 공장, 그 많은 기계, 그 많은 회사, 그 많은 직원, 그 많은 주식, 그 많은 골동품, 그 많은 미술품…. 한 생 안에 집 한 채를 겨우 마련하고 서너 너덧 명 가족을 챙기기에도 헉헉대는 범인들에 비긴다면 그가 성취한 업적은 가히 하늘에 떠 있는 별을 쳐다보는 것만큼이나 경이롭다. 그렇다면 그 엄청난 능력의 차이는 어디에서 오는 것일까?

원해는 영국에서 학위를 받고 돌아온 직후 친구 두서너 명과 함께 유학자를 모시고 사서라 불리는 논어, 맹자, 중용,

대학을 공부한 적이 있었다. 그때 한담을 나누는 시간에 선생께 이런 질문을 했다. '유교에서는 생을 일회적인 것으로 보는데 좋은 환경에서 태어나 좋은 교육을 받는 사람과 나쁜 환경에서 태어나 제대로 교육을 받지 못하는 사람의 경우를 어떻게 설명합니까? 그리고 같은 형제라 해도 심성과 재능과 복이 다 달라 각각 다른 모습으로 살고 있는데 그건 어떻게 설명합니까?' 원해의 질문을 받은 선생은 이렇게 답했다. '나무에서 꽃이 떨어질 때 바람에 따라 시궁창에 떨어지기도 하고 마른 땅에 떨어지기도 하고 창문으로 들어와 책상 위에 떨어지기도 하듯이 사람이 태어나는 것도 그와 같은 이치로 보면 되지.'라고 답했다. 선생의 답을 들은 원해는 놀라서 '그럼 우연이라는 말입니까?' 하고 되물었다. 그러자 선생은 주어진 대로 받아들이면 되지 무얼 더 알려고 하느냐고 마뜩잖은 눈으로 원해를 바라봤다. 원해는 그때 받았던 충격을 오랫동안 잊지 못했다. 현상계 안에서 벌어지는 구구절절의 사연들이 우연이라니? 그럴 무렵 원해는 기독교 신자인 친구와 이야기를 나누다가 유학자한테 했던 질문을 다시 했다. 그러자 친구는 이렇게 대답했다. '그건 창조주 하나님의 사랑이므로 피조물인 인간은 하나님의 사랑을 깨달음으로써 문제를 풀 수 있다.'라고 했다. 그 말을 들은 원해는 고개를 갸웃하지 않을 수 없었다. 유학자 말보다는 수긍하기가 조금 낫지만, 그러나 다음과 같은 질문을 던지지 않을 수 없었다. '하나님의 사랑을 깨달을 수 없는 지능과 깨달을 수 없는 환경과 깨달을 수 없는 심성을 가진 사람들은 어떻게 해야 하나?' 원해가 그 질문을 하지 않을 수 없었던 건 대학원 시절 적십자에서 1. 6 호 처분을 받은 청소년들을 만난 경험 때문이었다. 가정 법원에서는 만 18세 미만의 청소년들이 죄를 지었을 때 실형을 주지 않고 1. 6호 처분을 내려 사회 지도층 인사와 연결시켜 일정 기간 교화하게 하는 제도가 있었다. 청소년 교육에 관심이 많았던 원해는 적십자를 통해 비행 청소년들의 교화를 맡게 되었다. 한 달에 한 번 적십자엔 1. 6 호 처분을 받은 청소년들이 30명 정도 배당되었다. 그들은 18세 미만임에도 죄명을 보면 절도, 강도, 강간, 폭력 등 성인들이 저지르는 죄와 별반 다를 바가 없었다. 학교 교실과 비슷한 강의실에 가서 청소년들한테 자신들의 얘기를 하게 하면 전체 면모가 거의 파악되었다. 2명에서 3명 정도는 아주 아깝다는 생각이, 10명에서 20명 정도는 좋은 환경에서 성장했으면 평범한 청소년으로 잘 자랐을 텐데 하는 안타까움이, 나머지 5명에서 7명 정도는 저 아이들을 어떻게 하면 좋지? 하는 절망감이 들었다. 그 아이들은 지능지수가 60에서 70 정도여서 평범한 아이들보다는 분별력이 떨어져 있었다. 가정환경도 너무 열악해 거의 방임되다시피 성장했고, 선악의 개념이 거의 없어 바르게 살아야 한다는 의식 자체가 희박했다. 뿐만 아니라 자신의 인생을 개척해 나가야겠다는 의지도 거의 없는 청소년들이었다. 그런 아이들한테 창조주 하나님의 사랑을 깨달으라고? 풀 수 없는 숙제를 안겨 주고 숙제를 푸는 것은 네 몫이라고 하는 것과 같아 고개가 저어졌다.

원해는 인간 안에 내재해 있는 복잡다단한 차이를 불교의 업(業)사상이 논리적으로 설명하고 있다는 생각을 하며 불교 속으로 깊이 들어왔다. 그런데 불교 안으로 깊이 들어와 보니 업을 이해하는 불교인들이 각각 다른 모습을 하고 있었다. 업의 개념은 윤회와 연결 지어질 수밖에 없다. 그런데 불교인들 중에는 윤회 자체를 부정하는 사람들이 의외로 많이 있었다. 선을 하는 사람들이나 식자들이 그 부류에 속했다. 그들은 불교의 무아(無我)개념을 들어 윤회를 하는 주체가 없다는 것이다. 윤회를 하는 주체가 없다면 업이란 개념도 설 자리를 잃게 된다. 원해는 불교의 지식인들이 모이는 세미나에서 불교의 지식(知)을 가지고 불교의 지혜(智)를 설명하는 숱한 지식인들을 보면서 부파불교 시대의 승려들 모습을 떠올렸다. 이론은 난무하지만 그 이론 안에는 생명이 없다. 생명이 없는 이론을 가지고 마치 자신이 부처님 말씀을 가장 잘 이해하는 양, 우주의 근원을 꿰뚫고 있는 양 떠드는 모습을 보면서 '저래서 대승불교 운동이 일어날 수밖에 없었구나!' 하는 생각을 속으로 했다.

생명의 실상, 생명의 실상은 무엇인가? 생명의 실상에 대한 이해 안에는 삶의 이해와 죽음의 이해도 포함된다. 원해는 다시 신문을 들고 이건희 회장의 사진을 물끄러미 바라보았다.

이분은 지금 어디서, 어떤 모습을 하고 있을까? 생명을 일회적인 것으로 보든가 윤회의 개념을 부정하는 쪽에서 본다면 이런 의문 자체가 무의미해진다. 하지만 이건희 회장처럼 살다 간 분의 영혼이 부정된다면 수많은 이론도 함께 부정돼야 한다. 능력을 키우는 일, 키운 능력으로 세상의 발전을 위해 공헌하는 일, 그것이 개인의 탐욕에서 벗어나 전체의 이익에 부합하게 하는 일, 인격과 능력을 완성해 가는 일, 깨달음에 이르러 마침내 해탈에 이르는 일, 이런 개념들도 다 부정되어야 한다. 일회적인 생 안에서 위에 열거한 일들을 어떻게 다 이룰 수 있다는 것인가. 윤회의 개념을 받아들이지 않으면 설명이 불가능해진다. 불교에서는 돈오점수(頓悟漸修)와 돈오돈수(頓悟頓修)를 가지고 논쟁을 벌인다. 돈오점수는 깨침을 얻은 후에도 업을 정화하는 노력을 계속해 가야 한다는 이론이고, 돈오돈수는 깨친 후에는 더 닦을 것이 없다는 이론이다. 원해는 돈오돈수를 주창하는 사람을 보면서 묻고 싶었다. '당신들은 윤회를 하는 주체가 없다고 부정한다. 그렇다면 한 생 안에 돈오돈수를 할 수 있다는 얘긴데 석가모니부처님 이래 부처님처럼 해탈에 이른 사람이 있는가? 있다면 그분들은 누군가? 그분들이 이룬 해탈이 석가모니부처님의 해탈과 동격인가?'

원해는 불교 안에 들어와서도 절망감을 느낄 때가 한두 번이 아니었다. 공부를 많이 했다는 식자들을 만날 때면 더욱 그랬다. 그럴 때마다 원해는 자신 앞에 있는 스승들의 모습을 지켜보면서 그 절망감을 극복해 갔다. 그의 앞에 있는 스승들 속에는 박광효 총장도, 상지 보살도, 해인스님도 계셨다. 저분들도 믿고 가시는 길인데 내가 회의하고 방황하다니! 하면서 스스로를 견책했다. 이제 그의 곁에는 길벗이 되어 주는 든든한 도반들이 있다. 향산, 노 기자, 손 교수, 수희, 총명한 대학생 혜륜도 있다. 이들이 있다면 나는 내가 지향하는 보살로서의 서원을 이어갈 수 있다. 이건희 회장도 경제인으로서의 보살 서원을 굳건히 세우고 다시 그 일을 하기 위해 법계 어딘가에서 힘을 기르고 있을 것이다. 그렇게 믿고 싶다. 더 좋은 현상계를 만들어 가기 위해. 불교는 마음을 닦는 종교다. 일체 만물이 마음 안에서 이루어지기 때문에 마음을 닦아 청정해지면 모든 고뇌에서 벗어나 대 자유인이 된다. 그게 해탈이다. 원해는 불교인이지만 위의 이론에선 고개가 저어졌다. 그건 현상세계에 대한 이해가 미흡하다는 생각에서다.

현상세계는 진여의 바깥쪽에 펼쳐진 무대다. 이 무대가 없으면 진여의 세계는 드러나지 않는다. 그리고 현상세계에서 벌어지는 갖가지 현상은 진여의 세계를 드러내는 대 드라마다. 진여의 세계와 현상세계가 분리돼 있는 것이 아니다. 그런데 일부 불교인들은 현상세계를 버리고 떠나야 하는 세계로 인식하고 있다. 현상계가 없으면 진여의 세계도 없는데 말이다. 현상계는 지구만이 아닐 것이다. 지구라는 작은 별에 숱한 생명이 살고 있듯이 우주에 가득 차 있는 별에도 숱한 생명이 살고 있을 것이다. 지구 안에 살고 있는 사람들 안에도 수많은 격차가 있다. 지혜로도 그렇고, 일을 처리하는 능력으로도 그렇고, 인성과 성품으로도 그렇다. 그렇다면 우주에 떠 있는 숱한 별에도 그와 같은 차이가 있을 것이다. 그 차이는 어디서 오는 걸까? 그 차이를 설명하려면 불교의 윤회사상을 받아들일 수밖에 없다. 윤회사상을 받아들이면 공부의 전 과정도 받아들일 수밖에 없다. 그게 생명의 실상을 이해하는 공부다. 원해는 대승불교가 현상계를 인정하는 데서 출발했다는 게 알아졌다. 보살의 개념도 마찬가지다. 불교에 생명을 불어넣으려면 대승불교의 보살 사상이 활짝 꽃피워져야 한다. 그 일은 불교만을 위해서가 아니다. 우리가 살고 있는 이 세상을 가장 이상적인 세상으로 완성해 가기 위해서다. 그 일을 스승과 함께, 도반과 함께하고 있는 나는 행복하다. 원해는 무릎 위에 있는 신문을 들고 자리에서 일어났다. 내릴 정거장이 가까워져서다.

    D 대학 주차장에 차를 세운 설화는 콤팩트를 열어 얼굴을 손질했다. 그리고 작은 거울에 머리 모양새를 비춰 보고 차에서 내렸다. 주차장 경비원으로부터 총장실 위치를 설명 들은 설화는 허리를 꼿꼿이 세우고 또박또박 걸음을 옮겼다. '미래 100년을 준비하는 지식인들 포럼'에서 악수했던 박 총장이 그녀의 눈앞에서 미소 짓고 있다. 설화는 약 3개월 전에 대학 총장 다섯 분이 참석한 포럼에 갔다. 물론 청중 자격이었다. 거기서 설화는 박 총장과 악수를 하며 약 3분 정도 대화를 나눴다. D 대학 발전을 위해 기부를 하고 싶은데 시간을 내 주십시오, 하는 부탁을 하면서였다. 그때 박 총장은 기분 좋은 미소를 지으며 미리 전화를 주면 약속 시간을 잡겠다고 했다. 그래서 전화했고 오늘 약속이 잡혔다. 설화는 정치인이든, 대학 총장이든, 각종 단체를 이끄는 저명인사든 돈 앞에서는 약자가 된다는 사실을 경험을 통해 잘 알고 있었다. '귀하께서 하시는 일을 돕기 위해 제가 기부금을 좀 내겠습니다.' 하면 그들은 한결같이 미소를 지으며 머리를 숙였다. 그럴 때의 통

쾌함, 설화는 돈의 위력을 학습하며 살고 있다. 돈은 그녀를 사회 저명인사 그룹에 합류시켜 주는 유일한 통로였다. 설화가 총장실 문을 열고 들어가자 비서가 미소 지으며 인사했다.

"어서 오세요. 총장님이 기다리고 계십니다."

설화는 비서의 안내를 받으며 총장실로 들어갔다.

"어서 오십시오. 이쪽으로 앉으시죠."

총장이 환하게 미소 지으며 소파를 가리켰다.

"감사합니다. 시간 내 주셔서 고맙습니다."

설화도 총장을 향해 가볍게 고개를 숙이고 소파에 가 앉았다. 그때 비서가 준비한 차를 들고 와 두 사람 앞에 놓았다.

"차부터 드십시오."

총장이 먼저 찻잔을 들며 말했다.

"네."

두 사람은 차를 마시며 서로의 얼굴을 마주 바라보았다. 일종의 탐색 같은 거.

"저희 학교에 기부금을 주신다고 하는데, 제가 여사님이 하시는 일을 여쭤봐도 될까요?"

"작은 기업체를 운영하는데 다행히 수익을 많이 내서 하고 싶은 일을 어느 정도 하면서 살고 있습니다."

"큰 복을 누리고 계시는군요. 저희 학교에 기부를 하신다면 어느 쪽에 하시고 싶으신가요? 장학재단도 있고 연구소들도 있는데요."

"지난번 총장님이 하시는 말씀을 듣고 기부하고 싶은 마음을 냈으니 연구소 쪽이라고 할 수 있겠네요. 미래 백 년을 준비하는 모임? 뭐 그랬던 것 같은데요. 거기에 일 년에 일억 원씩 기부하겠습니다."

"감사합니다. 그럼 그쪽 책임자를 오라고 해서 설명을 드리도록 하겠습니다. 설명을 들으시고 하는 일이 마음에 드시면 기부 협약식을 갖도록 하지요."

총장은 이렇게 말하고 나서 옆에 있는 수화기를 집어 들었다. 설화는 그런 총장을 보며 미관을 찌푸렸다. 자기가 관심을 가지는 건 총장의 환심을 사는 일인데, 실무자를 불러서 하는 일을 설명 듣게 하다니. 이분은 참 고지식하네⋯.

"점심 약속이 없으시면 저희 학교에서 점심을 들고 가시지요. 프레젠테이션을 하다 보면 점심시간이 될 거 같은데요."

총장의 말을 듣는 순간 설화는 머리가 아파 왔다. 프레젠테이션을 듣다니, 나더러 그 복잡한 걸 들으라고? 그때 강원해가 설명할 자료를 들고 총장실로 들어왔다.

"어서 와요. 윤 여사님이 강 박사가 운영하는 연구소에 기부금을 내신다고 해서 오라고 했어요. 하는 일을 잘 설명 드려요."

총장 말이 끝나자 강 박사는 설화를 향해 가볍게 고개를 숙이고 가지고 온 빔프로젝트를 스크린에 연결했다.

"저희 연구소에 관심 가져 주셔서 감사합니다. 그럼 연구소가 하는 일을 설명 드리겠습니다."

강 박사는 이렇게 말하고 나서 컴퓨터를 조절하며 설명했다. 스크린 화면에는 연구소 전경과 함께 개요, 설립목적 등이 순차적으로 떠올랐다. 나더러 저걸 다 들으라고? 설화는 하품이 나려는 입을 얼른 손으로 가리고 우아한 자세를 흐트러트리지 않으려 애쓰며 허리를 곧추세웠다.

D 대학 교수 식당에서 점심을 먹고 총장과 강 박사의 배웅을 받으며 교정을 나선 설화는 기분이 한껏 고무되었다. 오늘 친 그물은 성공적이야, 자신을 향해 손뼉을 쳐주고 싶었다. 특히 강 박사가 미국 명문대학에서 박사 학위를 받고 영국으로 건너가 거기서 다시 명문대학 박사 학위를 받았다는 말은 설화의 가슴을 한껏 설레게 했다. 강 박사만 잘 사귀어 놓으면 후의 유학길은 고속도로를 탈 수 있어. 우리 후도 머리는 강 박사 못지않으니까. 설화는 고개로 박자를 맞추며 노래를 흥얼거렸다. '내 인생에 태클을 걸지 마' D 대학을 나와 한 참 달리던 설화는 차를 백화점 쪽으로 돌렸다. 기분이

울적할 때나 기분이 한껏 고조될 때 그녀는 백화점을 찾았다. 백화점은 그녀의 기분을 가장 잘 받아 주는 유일한 친구였다. 주차장에 차를 세우고 매장으로 들어선 설화는 진열된 상품을 구경하다가 걸음을 멈춰 섰다. 저게 뭐지? 다시 한 번 진열대 위에 얹힌 집 모양의 물건을 바라보다가 종업원한테 물었다.

"집 모양을 하고 있는 저게 뭐예요?"

"저금통이에요. 특이하죠?"

"저것 좀 내려 주세요."

"네, 알겠습니다."

종업원은 내린 물건을 설화 앞에 놓았다.

"어머 이건 아예 집이잖아. 대문도 있고. 지붕은 청기와로 덮었네. 청기와 집, 청와…?"

그 순간 설화는 자신의 가슴이 쾅, 하고 멈추는 게 느껴졌다.

"이거 포장해 주세요."

"잠시만 기다려 주세요."

설화는 종업원이 포장해 준 저금통을 쇼핑 카트에 싣으려다가 얼른 핸드백에서 손수건을 꺼내 카트에 깔고 그 위에 저금통을 얹었다. 그리고 계산대에 가서 계산을 하고 곧바로 집으로 왔다. 여기저기를 더 돌면 부정을 탈 것 같아서였다. 차에서 내린 설화는 저금통을 안고 후의 방으로 가서 장식장 중앙에 얹었다. 포장을 벗길까 하다가 포장은 후가 직접 벗기게 하는 게 좋을 것 같아 그냥 돌아섰다. 딱이야, 딱! 어떻게 그 저금통이 내 눈에 띄었지? 생각할수록 신기했다. 설화가 옷을 갈아입고 거실로 나와도 도우미 아줌마가 모습을 보이지 않았다. 설화는 고개를 갸웃하며 집안을 둘러보다가 냉장고에서 물을 한 컵 따라 들고 소파에 와 앉았다. TV 채널을 돌리다가 정치토론 프로에 채널을 고정하고 소파에 비스듬히 누웠다. 세상 돌아가는 판세를 가장 잘 알 수 있는 건 패널들이 나와 자기 주장하는 걸 듣는 거였다. 그들은 최고의 지식인이므로 그들의 주장을 듣다 보면 저절로 공부가 되었다. 그래서 어디에 가서 얘기를 해도 별로 꿀리지 않고 분위기를 맞출 수 있었다. 설화가 TV를 보고 있을 때 띠 띠 띠 하고 번호 누르는 소리가 나더니 도우미 아줌마가 들어왔다. 그녀는 소파에 누워 있는 설화를 보고 기절을 했다. 이 시간에 웬일이야? 하는 얼굴이다.

"어디 갔었어요?"

설화가 누운 채 물었다.

"쓰, 쓰레기 버리러 갔었어요."

아줌마 목소리가 떨리고 있었다. 설화는 소파에서 일어나 아줌마를 쳐다봤다. 집에서 입는 옷이 아니었다.

"과일 좀 주세요."

설화는 도로 소파에 누웠다. 저 아줌마가 거짓말을 하네. 잠시 후 아줌마가 과일 접시를 놓고 돌아섰다. 아줌마한테서 풍기는 냄새가 찜찜했다. 바꿔야겠군. 아줌마를 바꾸는 일은 번거롭지만 어려운 일은 아니었다. 거래하는 소개소에 다른 사람들보다 소개비를 더 얹어 주면 되었다. 아주 많이가 아니라 아주 조금. 많이 주면 호구로 안다. 하지만 조금만 더 주면 고마운 사람으로 안다. 그것 역시 설화가 터득한 학습효과다. 설화가 과일을 먹고 있을 때 초인종 누르는 소리가 들리고 아줌마가 문을 열어 주자 과외선생이 들어왔다. 설화는 자세를 바로 하고 앉으며 과외선생을 맞았다.

"오늘은 집에 계셨네요."

과외선생이 생긋 웃으며 인사했다.

"조금 전에 왔어. 여기 와서 과일 들어요. 아주머니, 선생님 과일도 가져오세요."

아주머니가 다른 과일 접시를 가져와 과외선생 앞에 놓았다.

"요즈음도 수입이 좋아? 코로나 때문에 난리던데."

"전 아무 상관 없어요. 과외를 해달라는 데가 너무 많아 오히려 머리가 아파요. 거절하기 힘든 데도 있거든요."

뭐야? 이거 주객이 전도된 거 아니야. 나한테 고마워하라는 말투잖아? 설화는 과외선생을 잠시 바라보다가 물었다.

"안 선생은 애인 있어요?"

"학교 다닐 땐 잠시 사귄 사람이 있었지만 지금은 없어요. 있어 봐야 연애할 시간도 없는데요, 뭘."

"시간이 없어 연애를 못 한다는 말은 사랑을 모른다는 말과 같아."

"어머 멋진 표현이네요. 여사님은 굉장히 뜨거운 사랑을 해 보셨나 봐요."

"뜨거운 사랑…."

설화가 야릇한 미소를 지으며 생각에 잠길 때 띠 띠 띠 소리가 들리더니 후가 가방을 메고 들어왔다.

"선생님이 먼저 오셨네."

후는 엄마한테는 눈길을 주지 않고 제 방으로 들어갔다.

"주인공이 왔으니 선생님도 가 보세요."

설화는 리모컨으로 TV를 끄고 자신의 방으로 들어갔다. 인사 안 하는 저 버르장머리는 어떻게 고치지? 방으로 들어온 설화는 늘 하던 대로 자신의 방을 둘러봤다. 금고가 있는 벽장문도 열어 보고 고가의 옷과 장신구가 가득한 옷 방도 둘러보았다. CCTV는 물론 방범 시스템까지 겹겹이 설치해 놓았기 때문에 집을 떠메고 가지 않는 한 모든 건 '안전함'이었다. 설화는 그물망으로 머리를 감싸고 클렌징크림으로 화장을 닦아 낸 후 세안수로 얼굴을 깨끗이 씻었다. 그리고 화장대에 앉아 피부에 듬뿍 영양을 준 후 침대에 벌렁 누웠다. 박 총장과 강 박사를 만나면서 긴장을 많이 한 탓인지 졸음이 몰려왔다. 지구는 나를 위해 돌고 있으니 나는 운전만 잘하면 돼. 설화는 가물가물 잠 속으로 빨려 들며 나직이 중얼거렸다.

 이 집을 하루에 열 번씩 바라보라고? 저금통을 보고 있던 후는 단호하게 머리를 저었다. 그러고 싶은 생각이 털끝만큼도 없었다. 엄마가 자신에게 거는 기대가 뭔지를 후는 잘 알고 있었다. 하지만 후는 한 번도 엄마의 기대를 자신의 꿈으로 받아들여 본 적이 없었다. 그러면서도 후는 엄마의 기대치 이상을 하려고 노력해 왔다. 지금은 공부를 잘하는 게 엄마의 기대를 충족시켜 주는 유일한 방법임을 알기 때문에 후는 공부하는 일에 전념하고 있다. 다행히 공부하는 습관은 잘 길들여 있어서 공부는 그가 할 수 있는 일 중에 가장 자신 있는 일이었다. 그래서 후는 엄마로부터 최상의 대접을 받고 있다. 전교에서 1, 2등을 놓지 않기 때문이다.
 저금통을 바라보던 후의 입가에 미소가 지어졌다. 후는 얼른 저금통에 딸려 온 설명서를 읽었다. 문을 열기 위한 번호 조립 방법이 쓰여 있었다. 설명서대로 번호를 입력하니 문이 열렸다. 대문처럼 스르륵 열렸는데 안이 생각보다 넓었다. 어머, 딱이네. 후는 손뼉을 치며 좋아했다. 자리에서 일어난 후는 책꽂이 뒤에 숨겨 둔 편지를 꺼냈다. 예쁜 봉투에 차곡차곡 넣은 편지가 7통이다. 후는 편지를 가슴에 꼭 안아 보다가 가장 위에 있는 편지 봉투를 열었다. 위에 있는 편지는 가장 최근에 쓴 편지다.

나의 반쪽 송이야.

오늘은 너한테 새로운 소식을 전해야겠어. 우리 엄마가 오늘 내 이름을 후라고 지어 줬거든. 후, 후(后)는 왕이나 왕후라는 말이래. 웃기지 않니? 우리 엄만 날 항상 웃기고 있어. 나한텐 하나도 중요하지 않은 일을 가장 중요하게 생각하래. 왕, 왕후, 그게 뭐야? 난 관심도 없는데 엄마는 그걸 가장 중요하게 여기라고 이름까지 바꿔 준 거야. 하지만 할 수 없지. 난 지금 엄마한테 얹혀 있으니까.
내가 너에게 편지를 쓰는 건 오늘 나한테 목표가 생겨서야. 내가 세운 목표는 나를 낳게 한 아버지란 남자에게 복수하는 거야. 새로 온 과외선생님이 자기 아버지 뺨을 때린 부자 영감에게 복수하기 위해 돈을 번다는 말을 듣는 순간 내 가슴 어딘가에서 뜨거운 무언가가 치밀어 오르면서 그런 목표를 세우게 했어. 나는 지금까지 나를 낳게 한 남자를 한 번도 생각해 본 적이 없어. 그런데 왜 그 순간 그런 생각이 떠올랐는지는 나도 모르겠어. 과외선생이 아버지 복수를 하기 위해 돈을 번다는 말을 듣는 순간, 나는 반대로 아버지란 남자에게 복수하겠다는 생각을 낸 거야. 아버지란 남자에게 복수하려면 어떻게 해야 하는지는 몰라. 하지만 나를 우러러보게 하는 것만은 분명해. 그래서 나는 공부를 열심히 하기로 했어. 나를 우러러보게 하려면 공부를 잘하는 건 필수니까. 공부가 높은 빌딩을 올리기 위한 기초공사라는 건 알고 있거든.

나의 반쪽 송이야. 우린 반쪽씩이니까 꼭 만나질 거야. 그러니까 아프지 마. 울지도 말고. 나도 안 울게. 아프지도 않고.

            너의 반쪽 진이가.

후는 읽은 편지를 얼른 봉투 속에 넣어 다른 편지와 함께 저금통에 넣었다. 그리고 번호를 눌러 문을 닫았다. 송이에게 쓴 편지를 보관하는 일은 가장 큰 고민이었는데 오늘 그 고민이 해결되었다. 후는 자신의 고민을 해결해 준 저금통이 너무 고마워 저금통을 꼭 한 번 안아 주고 장식장 중앙에 올려놓았다. 번호 조립하는 설명서는 얼른 가방 깊숙이 숨겼다. 내일 학교에 가서 쓰레기통에 버리기 위해서였다. 엄마의 손이 닿지 않게 하려면 엄마로부터 멀리 두는 게 가장 좋은 방법이므로.

인사동 한정식집에 〈예경〉 회원들이 속속 모여들었다. 노 기자, 원해, 향산, 손 교수, 혜륜. 모두가 환한 밝은 얼굴이다.

"오늘은 제가 이 집에서 가장 맛있는 음식을 대접할 테니 마음껏 드십시오."

향산이 얼굴 가득 미소를 담고 말했다.

"무슨 좋은 일이 있습니까?"

모두 같은 얼굴로 향산을 쳐다봤다.

"저희 대학에서 〈따뜻한 우리, 참다운 대한민국〉 지회를 설립했습니다. 저희 학교는 통일이 됐을 때 북한에 있는 청소년들의 교육을 돕는 일을 숙명적으로 해야 하기 때문에 우선 그 일을 하기 위해 5년 동안 백만 원짜리 적금통장을 하나씩 개설하기로 했습니다. 물론 희망자에 한해선데 저희 학교에서 월급을 받는 사람들은 거의 다 동참했습니다. 그것도 아주 행복한 마음으로 말입니다. 우선 대학부터 실시해 보고 성과가 좋으면 이어서 중고등학교도 같이 해 보려 합니다. 일차적으로는 저희 학교에서 월급을 받는 사람들을 우선으로 했지만 앞으로는 학생들도 희망자에 한해 참여시키려 합니다. 더 확대할 수 있다면 졸업생이나 학부모님들도요."

향산의 설명을 들은 사람들은 모두 박수를 치며 반겼다.

"대단한 일을 하셨군요."

손 교수가 감탄하자

"이 친구가 산파 역할을 했습니다. 이 친구의 도움이 없었으면 엄두를 내지 못했을지도 모릅니다."

향산이 원해를 보며 말했다.

"저는 이번 일을 보면서 많은 걸 느끼고 배웠습니다. 대학 교수, 교직원, 경비원, 심지어는 학교에 물품을 납품하는 사람들도 기꺼이 동참했습니다. 취지가 홍보되면 학생들도 많이 동참하리라고 봅니다. 물론 이렇게 많은 사람이 동참한 건 향산재단의 특수성 때문이기도 하지만 그보다는 사람들 가슴 속에 따뜻한 마음이 자리 잡고 있기 때문이라는 걸 알았습니다. 다른 생명을 살려 내고자 하는 마음이 모든 사람 가슴속에 샘물처럼 흐르고 있지요. 이 마음을 모으면 서로의 생명을 살려 내는 따뜻한 가정, 따뜻한 사회, 따뜻한 국가를 만들 수 있습니다. 우리가 꿈꾸는 세상이 되는 것이지요."

원해의 말을 듣고 있던 혜륜이 조심스럽게 손을 들었다. 그러자 모두 혜륜을 쳐다봤다.

"지금 박사님 말씀을 들으면서 떠오른 아이디어가 있는데요. 북한에는 나와 생년월일이 같은 친구가 있을 거 아니에요. 그 미지의 친구를 위해 5년짜리 백만 원 적금을 들게 하면 어떨까요? 그러면 훨씬 더 대상이 구체적으로 떠오를 것 같은데요. 같은 해, 같은 달, 같은 날에 한반도 남과 북에서 같이 태어난 나의 친구, 그 친구의 행복을 위해 마음의 선물을 준비한다면 훨씬 더 기쁘지 않을까요?"

혜륜이 눈을 반짝이며 설명하자 모두 감탄하는 표정을 지었다.

"어떻게 그런 생각을 했습니까? 역시 작가라 상상력이 탁월하군요. 아주 좋습니다. 누군가가 추진하면 저부터 들겠습니다. 5년에 백만 원을 만들려면 한 달에 얼마씩입니까? 만오천 원 정도 됩니까? 북한에 있는 나의 친구를 위해서라면 그 정도의 일을 할 사람은 많으리라고 봅니다."

노 기자가 적극적으로 말했다.

"아이디어는 아주 참신하니 우리 더 연구해 봅시다. 연구하다 보면 좋은 결실을 얻을 수 있을 것 같으니까요."

원해가 흐뭇한 표정을 지었다.

"저희 향산재단에서는 묘향산을 중심으로 일을 할 수밖에 없습니다. 그래서 평안북도 향산군, 평안남도 영원군, 자강도 희천시에 살고 있는 주민들을 위한 일을 하고자 합니다. 저희처럼 특정 지역을 선정해도 좋을 것 같습니다. 예를 들면 평안남도에 있는 미지의 내 친구를 위해, 함경도에 있는 미지의 내 친구를 위해… 이렇게 말입니다."

향산이 조심스럽게 안을 냈다.

"그것도 좋은 생각입니다. 그럼 훨씬 더 구체성을 띨 수 있을 것 같은데요."

노 기자가 찬성했다.

"불교에서는 바보 셋이 모이면 문수지혜가 나온다고 했습니다. 대중의 지혜가 그만큼 중요하다는 뜻이지요. 앞으로 지금 말한 내용을 심도 있게 구체화시켜 봅시다. 거기에 앞서 한 가지 정리하고 넘어갈 내용이 있습니다. 이건 제가 평소 생각해 왔던 일인데요, 우리가 북쪽에 있는 친구를 위해 마음을 모은다고 할 때 그 마음이 어떤 마음이어야 하는가부터 정리하는 게 좋다고 봅니다. 북쪽에 있는 사람들은 보편적으로 남쪽에 있는 사람들보다 형편이 어렵다고 하니 어려운 사람을 돕는다는 마음으로 시작할 것인가, 아니면 아까 말한 대로 북쪽에 있는 미지의 내 친구가 행복하기를 바라는 마음에서 시작할 것인가에 대한 정리가 우선 돼야 한다고 봅니다. 먼저의 경우가 강자가 약자에게 베푸는 시혜의 성격을 띤다면 나중의 경우는 동등한 친구의 입장에서 우정을 전하는 마음이 될 테니까요."

원해가 자신의 생각을 조심스럽게 피력하자

"좋은 지적을 해 주셨습니다. 출발점에 선 마음이 어떤 마음인가에 따라 앞으로 펼칠 일의 향방이 달라질 수 있을 테니까요."

노 기자가 적극적으로 지지했다.

"노 기자는 역시 유능한 기잡니다. 핵심을 정확하게 집어내니까요."

원해가 엄지척을 하자 모두 총장을 떠올리며 웃었다.

"우정을 출발점으로 한다면 혜륜 씨 생각은 굿 아이디어입니다. 나와 생년월일이 같은 미지의 내 친구라는 구체성이 없으면 우정의 개념은 성립되기 어려우니까요."

노 기자가 혜륜을 보며 엄지척을 하자 모두 웃으며 박수를 쳤다.

"엄지척을 받고 나니 기분이 고무되는데요. 향산재단에서는 어떤 이름으로 지회를 만드셨나요?"

혜륜이 향산을 보며 물었다.

"아주 중요한 걸 말씀드리지 않았군요. 저희들은 〈칭찬하기〉라는 이름으로 정했습니다. 지금 북한에 살고 있는 사람들은 태어나면서부터 생활총화라는 걸 통해 남의 잘못을 끄집어내는 일을 일주일에 한 번씩 하니 얼마나 숨이 막힙니까. 그래서 〈칭찬하기〉라는 슬로건을 정해서 우리부터 서로 칭찬하는 습관을 키워 나가려 합니다. 그러다 보면 남을 칭찬하는 밝은 에너지가 넘쳐나 언젠가는 북쪽에까지 흘러들어 갈 테니까요. 찬탄하기로 할까? 하고 마지막까지 고심했는데 그냥 누구나 쉽게 받아들일 수 있는 일상용어를 쓰기로 했습니다. 〈칭찬하기〉라는 슬로건을 만들고 나니 저부터도 말을 할 때마다 이 슬로건이 먼저 떠올라 자연히 칭찬하는 말을 하게 되더군요."

향산이 이렇게 말하며 웃었다.

"우린 지극한 마음으로 남을 공경하며 살자는 취지에서 〈예경(禮敬)〉으로 정했고, 강릉에서 〈그네〉 지회가 탄생한 데 이어 향산재단에서 〈칭찬하기〉 지회가 세 번째로 탄생했군요. 이런 속도라면 연말 안에 10개 정도의 지회가 탄생할 거 같은데요."

손 교수가 고무된 표정으로 말했다.

"저희 부모님들도 교사들 중심으로 〈여백〉이라는 지회를 만드시겠다고 하셨어요. 〈따뜻한 우리, 참다운 대한민국〉 취지가 좋다고 하시면서요. 그뿐 아니라 지회를 어떻게 만들 수 있느냐는 문의가 질문 창에 가득 떠올라요. 특히 손 교수를 중심으로 한 〈그네〉 같은 지회를 만들고 싶다는 취지의 문의가 가장 많이 와요."

"손 교수님 노래를 좋아하는 사람들은 한결같이 교수님 노래를 듣고 있으면 위로받고 있다는 행복감이 느껴진다고 하더군요. 그리고 이해받고 있는 기쁨도 함께요. 노래가 수많은 사람에게 그런 감동을 줄 수 있다는 게 저로서도 경이로웠습니다."

유튜브를 운영하는 노 기자도 혜륜의 말을 이어받아 이렇게 설명했다.

"모두가 감사한 일이죠. 자 그럼 회의는 이 정도로 끝내고 식사를 합시다. 미진한 얘기는 식사 후에 또 하기로 하고요."

원해가 향산을 돌아다보자

"알겠습니다. 그럼 음식을 들이도록 하겠습니다."

향산이 식탁에 있는 벨을 눌렀다. 미소가 가득한 방, 서로의 생명을 살려 내는 따뜻한 마음이 방안에 가득 차올랐다.

8

2이구지 | 법석을 차리다 생명의 실상'

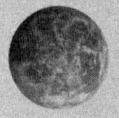

2. 이구지

해인스님이 결가부좌를 하고 법석에 앉아 계신다. 스님 주위가 고요하다. 고요함이 향기롭다. 반안(半眼)을 뜨고 정좌하고 계신 스님 모습이 아름다워 숨이 막힌다. 대중은 그런 스님을 경건한 마음으로 바라본다. 잠시 후 선정에서 깨어나신 스님은 대중을 둘러본다. 상지 보살, 박광효 총장, 향산, 노 기자, 송혜륜, 강원해, 손 교수, 수희 모습이 차례로 시야에 들어온다. 해인스님은 미소를 지으며 한 사람 한 사람을 바라보다가 조용히 입을 여신다.

오늘은 지난번에 이어 10지품 두 번째 법문을 하겠습니다. 지난번에는 진리를 찾아 오랜 세월 구도의 길에서 헤매던 구도자가 마침내 진리를 깨닫고 환희용약하는 환희지보살 얘기를 했습니다. 흥분의 도가니에서 환희용약하던 보살은 마음을 진정하고 자신을 바라보게 됩니다. 이때 바라보는 자신은 비로자나부처님, 즉 우주 근원의 거울에 비친 자신의 모습입니다. 깨달음을 얻었다는 것은 비로자나부처님의 거울에 자신을 비춰 보는 능력을 얻었다는 말과도 같습니다. 그렇게 자신을 비춰 보던 보살은 놀라게 됩니다. 자신이 정직하지 않다는 사실을 알았기 때문입니다. 오랜 구도의 생활을 통해 자기 자신이 정직하다고 믿었는데 실제 모습은 정직하지 않았습니다. 정직은 구도자에게 있어선 생명과 같습니다. 정직하지 못하면 진실의 세계에 들어갈 수도 없고 진리의 도리를 체득하지도 못하기 때문이지요. 구도자는 다시 비로자나부처님의 거울에 자신을 비춰 봅니다. 그러던 보살은 다시 놀라게 됩니다. 자신 안에 유연심이 부족하다는 사실을 알았기 때문입니다. 유연심이란 부드러운 마음인데 이 유연심이 부족하면 세상을, 타인을 포용하지 못하게 됩니다. 세상을, 타인을 포용하지 못한다는 말은 보살로서 자격을 충분히 갖추지 못했다는 말과도 같습니다. 이 세상엔 불교만 있는 것이 아닙니다. 지상에서 이천 년 이상 수많은 신자한테 진리를 설파한 종교가 있다면 그 종교 안에는 분명히 진리가 내포돼 있을 것입니다. 내가 신봉하고 있는 종교만이 아니라 다른 종교의 진리도 받아들여 나의 공부에 도움이 되게 하는 유연심, 이런 유연심이 없다면 보살로서 자격을 갖추지 못하는 것이 되지요. 그건 종교만이 아닙니다. 국경을 초월해서 나와 다른 국가의 국민도 존중하고 그들의 행복을 위해 신명을 바치려는 열려 있는 마음이 없으면 구도자는 보살로서 자격을 갖추지 못하게 되는 것입니다. 깨침을 얻은 구도자는 다시 자기 자신을 비로자나부처님의 거울에 비춰 봅니다. 그러던 구도자는 자신 안에 감능심이 부족함을 압니다. 감능심이란 자신 앞에 닥친 일을 받아들여 해결해 가는 능력을 말합니다. 이 감능심이야말로 보살이 갖추어야 할 능력이 아닐 수 없습니다. 보살이 자신 앞에 닥친 문제들을 해결해 갈 수 있는 능력을 갖추지 못했다면 결과적으로 보살행을 할 수 있는 능력을 갖추지 못했다는 것과 같으니까요. 그러므로 감능심은 보살에게 있어선 아주 중요한 자격 조건입니다. 그다음 구도자는 다시 자기 자신을 비로자나부처님 거울에 비춰 봅니다. 그러던 구도자는 자신 안에 적정심이 부족함을 압니다. 적정심이란 어지러운 마음을 떠나 항상 고요한 마음을 유지하는 것을 말합니다. 궁극적으로는 해인삼매에 듦을 말하는 것이겠지요. 일상에서 삼매의 마음을 유지하는 것은 아주 중요합니다. 보살로서 갖추어야 할 덕목임에 틀림없습니다.

  이렇게 비로자나부처님의 거울에 자기 자신을 비춰 본 구도자는, 다시 말해 우주 근원의 거울에 자기 자신을 비춰 본 구도자는 자신의 부족함을 알고 다시 기초적인 공부를 하겠다는 결심을 굳힙니다. 이때 구도자가 하려는 공부는 여러분들도 다 알고 있는 십선(十善)입니다. 십선은 불교에 입문한 사람이면 누구나 다 공부했던 가장 기초적인 공부법입니다. 살생하지 마라. 도둑질하지 마라. 사음(邪淫)하지 마라. 이간질하는 말을 하지 마라. 악담하지 마라. 남을 현혹하는 말을 하지 마라. 거짓말을 하지 마라. 탐하는 마음을 가지지 마라. 증오나 분노의 마음을 가지지 마라. 어리석은 마음을 가지지 마라. 등입니다. 여기서 우리는 아주 중요한 사실을 발견하게 됩니다. 그건 인격의 완성을 기초하지 않고는 도의 집을 지을 수 없다는 사실입니다. 견성한 보살이 십선 공부를 다시 하겠다고 결심을 굳혔다는 것은 인격의 완성이 얼마나 지난한 과정인가를 잘 설명해 주고 있습니다. 자기 자신도 속이지 않고 남도 속이지 않는 정직한 공부, 구도자라면 반드시 이 십선(十善)의 공부 과정을 통과해야 합니다.

제1지(地)는 환희지(歡喜地)고, 제2지(地)는 이구지(離垢地)입니다. 이(離)는 가르다, 끊다의 뜻이고, 구(垢)는 더럽다, 때가 묻다의 뜻입니다. 깨침을 얻은 보살은 다시 한 번 치열한 인격 연마의 과정을 통해 마침내 인간적인 더러움에서 완전히 벗어나 보살의 자리에 우뚝 서게 되는 것입니다. 이 자리가 바로 이구지보살의 자리입니다.

인격의 완성을 이룬 보살은 주위를 둘러봅니다. 주위를 둘러본다 함은 세상 사람을 둘러본다는 말과 같습니다. 이렇게 주위를 둘러보던 보살은 깊은 연민에 빠집니다. 그때의 보살 심정을 화엄경 십지품 중 이구지편에서는 이렇게 설명하고 있습니다.

'사람들은 그릇된 견해에 빠져 있고 마음씨도 바르지 않으며 인생의 미로를 헤매고 있다. 보살은 마땅히 그들을 진실의 길, 바른길로 나아가게 인도해야 한다. 사람들은 서로 화합함이 없이 싸움으로 나날을 보내면서 항상 노여움이나 원망으로 가득 차 있다. 보살은 마땅히 그들을 화합의 길로 나아가도록 인도해야 한다. 사람들은 만족해할 줄을 모르고 남이 가진 것을 욕심내고 있다. 보살은 마땅히 그들로 하여금 탐하는 마음을 버리고 깨끗한 마음을 가지도록 인도해야 한다. 사람들은 탐심, 진심, 치심과 함께 온갖 번뇌의 불길 속에서 타고 있다. 보살은 마땅히 그들로 하여금 번뇌의 불길을 끄고 열반에 이르도록 인도해야 한다. 사람들은 지혜의 눈이 어두워 무지와 어둠 속에 갇혀 있다. 보살은 마땅히 그들로 하여금 밝은 지혜의 길로 들어서도록 인도해야 한다. 사람들은 악마의 그물에 걸려 지옥 아귀 축생의 악도를 헤매고 있다. 보살은 마땅히 그들로 하여금 삼악도에서 벗어나도록 인도해야 한다. 사람들은 괴로움이나 근심이 많고, 노여움이나 애욕에 얽매여 있으며, 미혹의 옥(獄) 안에 갇혀 있다. 보살은 큰 자비심을 일으켜 그들로 하여금 열반에 이르도록 인도해야 한다.'

보살은 중생이 당면하고 있는 고통을 외면하지 않고 그 고통에서 벗어나도록 인도하겠다는 끝없는 원을 세우고 있습니다. 혼자 열반에 들어 안락함을 누리는 것은 무의미한 것으로 받아들이는 것이지요. 이것이 바로 대승불교의 보살 사상입니다. 화엄경에서는 이때 무수한 부처님이 오셔서 보살의 굳건한 서원을 찬탄하는 것으로 되어 있습니다. 부처님이 보살의 서원을 인가해 주신 것이지요. 이것으로 미흡하나마 십지품 중 두 번째 자리인 이구지보살에 대한 설명을 마치겠습니다. 이해되지 않는 내용이 있으면 함께 토론하면서 풀도록 하십시오. 그리고 다음 달엔 화엄경 십지품 중 세 번째인 발광지와 네 번째인 염혜지를 같이 하겠습니다. 지루하시더라도 두 품을 함께 들어 주시기를 바랍니다.

법문을 마친 해인스님은 좌중을 향해 미소 지으며 합장했다. 선우(善友)에 대한 예경의 마음을 가득 담아서다. 좌중은 깊은 감동 속에서 스님을 우러러보며 합장배례했다. 스승에 대한 지극한 예경의 마음을 담아서다. 아름답고 향기로운 법석, 부처님과 교류하고 있는 것 같은 충만감이 장내를 가득 채웠다.

노 기자는 조용히 자리에서 일어나 방송 장비를 정돈했다.

"오늘 점심 공양은 그네 회원들이 준비했습니다. 예경다원으로 옮기시죠."

주지 스님이 안내했다. 전에는 법문이 끝나면 법운사에서 점심 공양을 하고 예경다원으로 옮겨 차담을 나눴는데, 오늘은 예경다원에 점심이 준비돼 있다는 것이다.

"그네 회원들이 서울 손님들한테 꼭 점심 공양을 하고 싶다 해서 그러라고 했습니다. 다원으로 가시지요."

수희가 앞장섰다.

"서울 손님들이 아니라 손 교수님이겠죠. 그분들이 점심을 대접하고 싶은 분은 손 교수님일 테니까요."

"예, 맞습니다."

노 기자 말을 듣고 수희가 웃었다.

"노 기자님은 확실히 명기자셔. 정곡을 꼭 집어내시거든."

혜륜이 낮은 목소리로 엄지척을 했다.

"혜륜은 확실히 유능한 작가야. 순발력이 대단하거든."

총장이 웃으며 엄지척을 하자

"어머, 총장님도 들으셨어요."

혜륜이 빨개진 얼굴로 총장을 쳐다봤다.

웃고 떠드는 사이 그들은 예경다원 현관 앞에 서 있었다.

"들어오세요."

수희가 현관문을 열고 손님들을 안내했다. 수희 목소리를 듣고 그네 회원들이 현관 앞으로 나와 손님들을 맞았다.

"어서 오십시오."

화기애애한 분위기 속에서 모두 자리를 잡고 앉자 그네 회원들이 음식을 날랐다. 회원들이 집에서 해 온 것도 있고 함께 만든 것도 있었다.

"저희가 머리를 써서 실력 발휘를 한 거니까 맛있게 드세요."

한 회원이 합장하며 미소를 지었다.

"강릉은 예향의 도시로 명성이 나 있는데… 역시 음식이 다르군요."

향산이 차려진 음식을 둘러보며 감탄했다.

"정신의 양식을 흠뻑 얻고 왔으니 지금부턴 육신의 양식을 얻도록 하세. 감사합니다. 잘 먹겠습니다."

총장이 고마움을 표하며 수저를 들자 모두 수저를 들고 즐겁게 식사했다. 식사 후 차와 과일이 나오고 이어 자연스럽게 차담이 이루어졌다.

"손 교수님 이력을 보니 유럽 오페라 무대에서 80여 회 이상 공연을 하셨던데 어떻게 우리 앞에서 '못 잊겠어요'를 그렇게 멋들어지게 부르실 수가 있어요? 우린 그날 가슴속에 숨겨 두었던 옛 애인 얼굴을 떠올리면서 모두 울었어요."

한 회원이 믿기지 않는다는 얼굴로 말했다. 그러자 폭소가 장내를 가득 채웠다.

"모든 노래는 다 사람 가슴을 울리는 힘이 있다는 걸 철이 들면서 알게 됐습니다."

말을 하고 있는 손 교수 머릿속에 퍼뜩 한 생각이 떠올랐다. 서울역에 가서 노숙자들에게 노래를 불러 줄까?

"점심 공양도 잘 받았는데 노래로 보답하십시오. 저희를 대신해서요."

노 기자가 손 교수를 보며 웃었다.

"그래도 되겠습니까?"

손 교수가 그네 회원들을 보며 묻자

"저희가 여기 왜 와 있겠어요? 당연히 되지요."

모두 웃으며 박수를 쳤다.

"그럼 '그대 있음에'를 불러 보겠습니다."

손 교수는 이렇게 말하고 창가에 가서 섰다. 자연스럽게 무대가 만들어지고 사람들은 의자를 조절하며 손 교수를 바라보았다.

그대의 근심 있는 곳에
나를 불러 손잡게 하라
큰 기쁨과 조용한 갈망이 그대
그대 있음에 내 맘에 자라거늘
오
그리움이여, 그리움이여, 그리움이여
그대 있음에 내가 있네
나를 불러 손잡게 해 그대의 사랑 문을 열 때
내가 있어 그 빛에 살게 해
사는 것의 외롭고 고단함 그대
그대 있음에 사람의 뜻을 배우니
오
그리움이여, 그리움이여, 그리움이여
그대 있음에 내가 있네
나를 불러 그 빛에 살게 해

노래가 끝나자 사람들은 숨도 쉬지 못한 채 손 교수를 바라보았다. 고요의 시간이 흐를 때 흐느낌이 들려왔다. 오, 그리움이여, 그리움이여, 그리움이여…. 저마다의 가슴에 그리움의 물결이 넘실대고 있었다. 감미로운 절규, 까맣게 잊고 있던 아픔이 가슴속을 후벼 팠다.

"손 교수님과 같이 그 노래를 불러 보고 싶어요. 저하고 같이 한 번만 더 불러 주세요."

혜륜이 자리에서 일어나며 말했다.

"좋습니다. 저도 혜륜 씨와 꼭 같이 불러 보고 싶습니다."

손 교수가 혜륜을 맞이하며 말했다.

혜륜이 창가로 가서 손 교수를 쳐다보자 손 교수도 혜륜 쪽으로 몸을 돌리며 마주 바라보았다.

그대의 근심 있는 곳에
나를 불러 손잡게 하라…

두 사람은 서로 마주 보며 화답하듯 노래를 불렀다. 겹겹이 쌓였던 안개가 걷히고 마침내 청산이 해맑갛게 모습을 드러내는 것 같다 할까? 두 사람의 노랫소리는 그리움의 미로를 돌고 돌아 달빛 아래 마주 서 있는 것 같은 감동을 안겨 주었다. 상지 보살은 그런 두 사람을 가만히 보고 있었다. 해후의 의식을 치르고 있다는 생각을 하면서.

노래가 끝나자 박수 소리가 장내를 가득 메웠다. 그제서야 혜륜은 정신을 차리고 자신의 자리로 돌아왔다. 신청곡이 이어지고 손 교수는 신청곡에 화답하며 노래를 불렀다. 그리움의 굿판이 펼쳐졌다. 스스로 나와 노래를 부르는 사람도 있었고 손 교수와 듀엣으로 부르자고 청하는 사람도 있었다. 사람들은 가슴속에 묻어 두었던 아련한 추억을 털어 내며 스스로를 정화시키고 있었다. 오, 그리움이여 그리움이여 그리움이여…. 장내의 열기가 가라앉았을 때 총장이 말했다.

"손 교수 노래를 들으면서 만법귀일(萬法歸一)의 뜻을 깨달았습니다. 만법귀일은 생명을 살려 내는 일입니다. 만법(萬法)은 생명을 살려 내는 일로 귀일(歸一)합니다. 노래로 춤으로 글로 강연으로 상담으로 보시로…. 어떤 행위를 하든 그 행위가 생명을 살려 내는 일로 귀결되면 그 자체가 비로자나불의 자리, 불성입니다. 하나님의 자리, 신성이라 해도 무방하지요. 아까 해인스님이 십선을 설명하셨는데 십선의 수행은 결국 맨 앞자리 생명을 살려 내는 일로 귀결됩니다. 나의 생명을 살려 내고, 너의 생명을 살려 내고, 우리 모두의 생명을 살려 내는 일, 팔만사천법문이 다 여기로의 귀의임을 이제야 알겠습니다. 따라서 우리가 지금 하고자 하는 일은 정도(正道)입니다. 이제야 제 자신에 대해 확신이 섭니다."

총장은 상지 보살을 바라보며 말했다.

"하시는 일에 확신을 가지셨다니 다행입니다. 총장님이 하신 말씀에 저도 전적으로 찬동합니다. 팔만사천법문뿐 아니라 도서관 서고를 가득 메운 모든 책은 생명을 살려 내는 길을 가르치고 있습니다. 책뿐 아니라 모든 인식 작용도 사실은 생명을 살려 내는 일로 귀결되지요. 여기에서 예외의 생명은 없습니다. 바이러스까지도요."

"그러네요. 생태계의 파괴가 코로나바이러스를 창궐하게 했다는 보고도 있던데요. 살 터전을 잃게 되자 스스로 살 곳을 찾아 인간 세상 속으로 침투하게 되었다고요. 정말 어떤 생명도 예외가 될 수는 없군요."

김하림이 말했다.

"세상 돌아가는 것을 보면서 내가 백일몽(白日夢)을 꾸고 있는 게 아닌가, 하는 회의에 빠지기도 했는데 이젠 제 자신에 대해 확신이 섭니다. 코로나바이러스도 배제하면 안 되는데 하물며 함께 사는 사람을 배제해서 되겠습니까? 세계를 혼란에 빠뜨리는 정치 현실도 다른 사람을 배제하려는 획책에서 오는 거지요. 이제 모든 것이 한눈에 확연하게 들어옵니다."

총장이 상지 보살을 보며 고백하듯 말했다.

"생명의 실상을 공부하다 보면 우리 모임에서 좋은 사상이 탄생 될 거 같군요."

상지 보살이 의미 있는 미소를 지으며 총장을 바라봤다.

"저도 그러리라는 확신이 듭니다. 그렇지 않은가? 강 군."

총장이 원해를 보며 동의를 구했다.

"그렇습니다. 저희가 추구하는 답이 손에 잡히는 거 같습니다."

원해도 진심을 담아 말했다.

"어머, 첫눈이 내리고 있어요. 저것 보세요. 함박눈이에요."

누군가가 창밖을 보며 소리쳤다. 그러자 모두 창밖을 내다보았다. 예경농원 가득 함박눈이 내리고 있었다.

"천인들이 저희를 축복해 주는 거 같아요. 저거 좀 봐요. 예경농원이 함박눈으로 가득 채워졌어요."

"천인들이 우리를 축복해 주고 있다고요? 듣기만 해도 가슴이 뜁니다."

모두 천진한 아이들처럼 웃고 떠들고 있을 때

"죄송하지만 전 터미널에 가 봐야겠어요. 서울에서 반가운 손님이 오기로 했거든요."

수희가 송이 얼굴을 떠올리며 자리에서 일어났다.

"그러고 보니 우리도 떠날 시간이 됐군요. 아쉽지만 일어납시다."

총장이 먼저 자리에서 일어났다. 한 달 후 다시 만날 것을 기약하면서. 그들은 앞서거니 뒤서거니 하며 밖으로 나왔다. 손바닥을 위로 젖히고 눈을 맞는 사람도 있고 얼굴을 쳐들고 눈을 맞는 사람도 있다. 첫눈이 함박눈으로 내리다니요. 정말 좋은 일이 있을 거 같지 않아요?

승강장에 들어 온 버스 문이 열리자 송이가 총알처럼 튀어나와 수희 가슴에 안겼다.

"선생님!"

송이는 냄새를 맡듯 수희 가슴에 얼굴을 묻고 크게 숨을 들이마셨다. 그러다가 가슴에서 얼굴을 떼며 물러났다.

"상진이는?"

"이제 내릴 거예요."

송이가 고개를 돌릴 때 상진이가 버스에서 내리고 있었다. 수희는 상진이 앞으로 다가가 가방을 받아 들었다.

"우리 상진이 이제 어른 됐네. 나는 웬 청년인가 했더니."

수희가 상진이 어깨를 감싸자 상진이는 어색한 듯 한 발 뒤로 물러났다.

"주차장은 저쪽이야. 저쪽으로 가자."

수희가 앞장을 섰다.

"가방은 저 주세요. 제가 들게요."

상진이가 쫓아와 가방을 뺏어 들었다.

"여기서 30분쯤 가면 돼."

수희가 차 문을 열고 운전석에 앉자 송이가 얼른 앞문을 열고 옆에 앉았다.

"상진아, 가방 불편하면 뒤에 싣지?"

수희가 돌아보며 말하자

"괜찮아요."

상진이가 가방을 안으로 밀어 놓고 앉았다.

"자, 그럼 출발이다. 아까 올 때는 함박눈이 왔는데 그새 그쳤네."

"어머, 함박눈이 왔어요?"

"응. 오는 동안에 눈 못 봤어?"

"아니요. 우린 눈 못 봤는데요."

"이상하네. 예경농원에만 왔나?"

수희가 고개를 갸웃하자

"우리 있을 때 눈 많이 왔으면 좋겠어요. 시골에서 눈 보고 싶은데."

"오늘 첫눈이 왔으니까 앞으로 많이 오겠지. 참, 너희들도 비대면 수업하니?"

"네, 그런 지 오래됐어요."

"눈에 보이지도 않는 바이러스가 세상 참 많이 바꿔 놓는구나."

"코로나바이러스는 지금 지구를 자기들 세상이라 생각하지 않을까요?"

"그럴지도 모르겠다. 지구를 다 점령했으니까."

"꼭 점령해야만 자기 세상이라고 생각할까요? 저 새들도 지구가 자기들 세상이라고 생각하면서 날고 있을 거 같은데요."

차창 밖으로 날아가는 기러기 떼들을 보고 있던 상진이가 혼잣말처럼 했다.

"어머, 상진이 멋진 말을 하네. 기러기는 인간이 지구 위에 구축해 놓은 거대한 문명이 눈에 들어오지 않을지도 몰라. 그래서 이 세상을 자기들 거라고 생각하면서 날고 있을 거야."

"그러고 보니 자기들이 지구 주인이라고 생각하는 건 사람만이 아닌 거 같네요."

송이도 새로운 발견을 한 듯 음성을 높였다. 웃고 떠드는 사이 그들은 예경농원 앞에 이르렀다.

"이제 다 왔다. 우리 안에 들어가서 보살님께 인사드리고 나오자."

보살이라는 말에 아이들이 어리둥절한 얼굴로 쳐다봤다.

"가방은 이리 줘. 여기다 들여놓고 가게."

수희가 가방을 받아 예경다원 현관에 들여놓고 몸을 돌렸다.

"이 농원 안에 있는 모든 식물은 다 약초야. 약재로 쓰이는 식물들이야."

수희가 걸음을 옮기며 설명했다. 농원 사이로 난 오솔길을 얼마간 가다 보니 넓은 마당과 함께 이층집이 나타났다. 아이들은 압도당한 듯 잠시 멈춰 서서 집을 바라보았다.

"어서 들어가자. 보살님이 기다리시겠다."

수희가 채근하며 먼저 현관문을 열고 들어갔다.

"보살님 저희 왔어요." 수희가 의식적으로 음성을 높이며 자신들이 왔음을 알렸다.

"어서 와. 기다리고 있었어."

상지 보살이 소파에서 일어나 일행을 맞았다. 어머!… 상지 보살을 쳐다보던 수희 눈이 순간적으로 둥그레졌다. 상지 보살이 영락없는 시골 할머니 모습을 하고 있어서였다.

"네가 송이구나. 넌 상진이고."

상지 보살이 두 아이를 차례로 보며 반겼다.

"네."

두 아이는 동시에 허리를 굽히며 인사했다.

"여기 와서 편하게 앉아. 고향에 온 거처럼."

"네."

두 아이는 소파에 가서 나란히 앉았다.

"앞으로 나를 부를 때는 할머니라고 해라. 그리고 저 선생님은 엄마라 부르고. 할머니, 엄마, 집이 있는 게 고향이잖니. 오늘부터 여긴 너희들 고향이야. 고향집. 그러니까 너희들이 마음대로 할 수 있는 데야."

상지 보살 말을 듣고 놀란 건 수희였다. 보육원 아이들에게 고향을 만들어 주고 싶다는 생각은 했지만 그 일로 상지 보살과 상의한 적은 없었다. 예경다원도 예경농원에 딸린 부속 건물이었으므로 고향 운운하는 말을 하기가 어려워서였다. 그리고 자신을 엄마라고 호칭하라는 말을 듣고는 기절을 할 뻔했다. 자신이 꼭 하고 싶은 말이었지만 입 밖으로 낼 용기가 나지 않아 못 하고 있었던 말이었다.

"얘네들 저녁부터 먹이지."

"네. 그러려고요."

"엄마가 저녁 차리는 동안 할머니가 화장실 가르쳐 줄게. 가서 손 씻고 나와라."

"네."

두 아이가 동시에 일어났다.

"화장실은 여기야. 화장실 벽장에 새 칫솔 있으니 양치하고 싶으면 해도 돼."

"네가 먼저 들어가."

상진이가 눈짓을 했다.

"알았어."

송이가 화장실 안으로 들어가자 상진이는 멀찍이 떨어져서 벽에 있는 그림을 구경했다.

수희가 저녁상을 차리는 동안 아이들은 화장실을 다녀와 소파에 앉았다. 낮에 그네 회원들이 음식을 넉넉히 해 와서 저녁은 순식간에 진수성찬으로 차려졌다.

"얘들아, 와서 밥 먹자."

수희가 엄마 같은 목소리로 애들을 불렀다. 그러자 두 아이와 상지 보살이 식탁에 와 앉았다.

"엄마가 한 상 잘 차려 놨네. 엄마 맛있게 먹겠습니다, 해."

상지 보살이 엄마라는 호칭을 쓰도록 일렀다. 아이들은 어찌할 바를 몰라 얼굴만 빨갛게 붉히고 있었다. 잠시 어색한 침묵이 흐를 때

"엄마, 고맙습니다. 잘 먹겠습니다."

송이가 수희를 보며 고개를 숙였다. 그 순간 눈물방울이 뺨을 타고 흘러내렸다.

"상진이도 인사해야지."

상지 보살이 채근했다. 상진이는 송이보다 훨씬 더 긴 시간을 쭈뼛거리다 고개를 숙였다.

"엄마, 감사합니다. 잘 먹겠습니다."

"할머니한테도 인사해. 할머니 잘 먹겠습니다, 하고."

수희가 두 아이를 보며 일렀다.

"할머니, 잘 먹겠습니다."

할머니란 호칭은 엄마라는 호칭보다 쉬운 듯 쭈뼛거리지 않고 바로 했다.

"자. 그럼 우리 고향집에 왔으니 맛있게 저녁 먹자."

상지 보살이 먼저 수저를 들며 아이들을 둘러봤다. 지극한 예경의 마음을 담고서다. 식사가 끝나자 송이가 얼른 자리에서 일어나 빈 그릇을 모아 들고 싱크대로 갔다. 그러면서 고무장갑을 끼고 설거지할 태세를 취했다. 상지 보살은 그런 송이를 미소를 지으며 바라봤다. 곧게 커서 큰 나무가 될 아이군. 송이가 설거지할 태세를 취하자 상진이도 빈 그릇을 모아 싱크대 쪽으로 옮겼다.

"송이가 설거지할 거야?"

수희가 묻자

"네."

송이는 수세미를 들고 설거지를 하기 시작했다. 손놀림이 야무졌다.

"고마워. 그럼 난 뒷정리를 할게."

수희는 음식 남은 걸 모아 정리하고 과일을 준비했다. 분주히 손을 움직이자 잠시 후 모든 게 정돈되었다.

"설거지 끝냈으니 우리 과일 먹자."

수희가 과일이 담긴 소쿠리를 들고 식탁에 가 앉자 송이도 따라와 앉았다.

"너희들 둘은 누가 더 위니?"

상지 보살이 물었다.

"제가 얘보다 5개월 위에요."

송이가 대답했다.

"그럼 누나네. 송이를 누나라고 부를 생각 없어?"

상지 보살이 상진이를 보며 물었다.

"…."

상진이가 대답을 못 하고 머뭇거렸다.

"내 사촌도 나보다 다섯 달 아랜데 어려서부터 날 누나라고 불렀어. 그래서 난 사촌 동생 누나로 일생을 살았어. 상진이도 송이를 누나라고 불렀으면 좋겠는데 상진인 어떻게 생각해? 그럼 상진인 오늘 할머니, 엄마, 누나까지 다 생긴 거잖아."

상지 보살은 이렇게 말하며 상진이를 바라봤다. 상지 보살의 시선을 받은 상진이는 고개를 숙이고 있다가 '네' 하고 대답했다.

"이번에는 송이한테 물어봐야겠네. 송이도 상진이를 동생으로 받아들이고 싶어?"

"네."

송이는 망설이지 않고 바로 대답했다.

"자, 그럼 우리 정리해 보자. 나는 할머니로 딸과 손녀 손자가 생겼고, 엄마는 어머니와 아들딸이 생겼고, 송이는 할머니와 엄마 남동생이 생겼고, 상진이는 할머니와 엄마 누나가 생긴 거야. 좀 인위적이긴 하지만 이렇게 호칭을 정하고 나니 우린 금방 가족이 됐잖아. 그렇지?"

"…."

두 아인 입을 꼭 다문 채 고개를 숙였다.

"상진이 손 내밀어 봐. 두 손을 쫙 펴서."

상진이가 어리둥절한 얼굴로 두 손을 펴서 식탁 위에 올려놓았다.

"상진이 손이 할머니 손 닮았네. 할머니가 잘하는 걸 상진이도 잘할 거 같은데."

상지 보살은 그림이라는 말은 생략하고 그냥 이렇게만 말했다.

"그러고 보니 이름도 비슷하구나. 사람들은 날 상지 보살이라고 부르는데 넌 상진이잖아? 내 이름에 ㄴ자만 붙이면 네 이름이 되네."

상지 보살은 신기한 발견을 한 것처럼 말했다. 좀 전에 한 자신의 말에 확신을 더 심어 주려는 의도 같았다. 수희는 상지 보살의 그런 마음을 헤아려 보며 상진이를 바라봤다. 상진이는 상기된 얼굴로 입가에 미소를 짓고 있었다.

"오느라고 피곤했을 텐데 그만 가서 쉬어라. 상진이는 할머니하고 여기서 잘까?"

상지 보살이 상진이를 쳐다보자

"네."

상진이가 활기찬 목소리로 대답했다. 수희는 그런 상진이를 고개를 갸웃하며 바라봤다. 활기차다는 느낌을 그에게서 받은 건 처음이었다.

TV 채널을 마음껏 돌리며 행복감에 젖어 있던 송이는 잠이 들었다. 수희는 송이가 곤히 잠든 것을 확인하고 자신의 방으로 왔다. 갑자기 일어난 변화 때문에 머릿속이 복잡했다. 엄마라는 호칭은 그녀로서도 소화하기가 버거웠다. 그렇다고 해서 거부하고 싶은 건 물론 아니다. 그 호칭은 자신의 가슴 밑바닥에 이미 자리하고 있었기 때문이다. 송이와 진이는 다른 아이들에 비해 감정이 각별했다. 태어나자마자 자신 손에 맡겨졌고, 자신은 그 아이들을 가슴에 품고 우유를 먹여 키웠다. 우유를 먹일 때 새빨개진 얼굴로 오물오물 우유병 꼭지를 빠는 모습을 보고 있으면 눈물이 핑 돌 정도로 가슴이 아려 왔다. 생명에 대한 원초적인 연민, 그건 생모가 느끼는 사랑과 별반 다를 바가 없는 사랑이었다. 그래서 수희는 진이와 송이를 딸처럼 느끼고 있었다. 하지만 막상 엄마라는 호칭으로 불리고 나니 기분이 묘했다. 사실 엄마라는 호칭은 지금 처음 들은 것은 아니다. 두 아이는 처음 말을 배울 때 음마 음마 하는 말부터 했다. 누가 엄마라는 호칭을 가르쳐 준 것도 아닌데 아이들은 음마라고 하면서 자신한테 매달렸다. 그래서 자신은 이 세상에서 가장 처음 진이와 송이의 엄마가 되어 있었다.

두 아이에 비해 상진이는 좀 달랐다. 상진이가 수희가 맡고 있는 영아반에 온 게 네 살 때였다. 어느 날, 한 남자가 아이 손을 잡고 보육원에 와서 맡아 달라고 했다. 아이가 첫 돌이 지났을 때 아내가 갑자기 사망했다는 것이다. 그래서 재혼을 했고 바로 아이가 생겨 두 아이를 키우게 되었다고 했다. 자신은 아이들을 키우면서 장난감이든 옷이든 먹을 것이든 공평하게 주려 노력했고, 아내한테도 그렇게 하도록 시켜 아내도 그 일만큼은 실천에 옮기며 살았다고 했다. 그런데 어느 날부터 상진이가 동생 것을 몰래 가지고 와서 자신 물건 옆에 두더라는 것이다. 그 일이 반복해서 일어나자 아내는 불평

하기 시작했고 그런 불평으로 해 아내와 말다툼을 자주 하게 되었다고 했다. 그래서 상진이 도둑질하는 버릇을 고치기 위해 때리기도 하고 혼을 내주기도 했지만 상진이는 도둑질하는 습관을 버리지 못하더라는 것이다. 그런 일이 반복되다 보니 가정생활도 파탄지경에 이르게 되어 도저히 상진이를 키울 수 없어 보육원으로 데려왔다는 것이다. 그러면서 한 1년 정도 보육원에 있게 해서 도둑질하는 버릇이 고쳐지면 데려가겠다고 하면서 보육비 명목으로 봉투 하나를 두고 갔다. 그때 수희는 그 남자를 보면서 심한 충격을 받았었다. 네 살짜리 아들을 데리고 와서 아버지라는 사람이 도둑질하는 버릇이라는 말을 너무 쉽게 쓰고 있어서였다. 그렇게 해서 보육원에 오게 된 상진이는 가끔 다른 아이 물건을 집어 오긴 했지만 그 아이가 달라고 하면 얼른 도로 줘서 그 일이 문제가 되진 않았다. 상진이가 다섯 살이 되었을 때 영아반에서 유아반으로 옮겨졌고, 유아반은 남자아이와 여자아이가 갈라지기 때문에 자연히 수희 손에서도 멀어지게 되었다. 그런 얼마 후 수희는 보육원을 그만두었기 때문에 상진이 소식도 자연히 멀어지게 되었다.

 수희가 상진이에 대해 다시 관심을 가지기 시작한 것은 송이를 통해서였다. 계절이 바뀔 때마다 수희는 보육원을 찾아 아이들과 만났다. 그럴 때 송이는 가끔 상진이 얘기를 했다. 학교에서 아이들 물건을 몰래 가져오다 맞기도 하고 선생님에게 알려져 혼이 나기도 했다는 것이다. 그러면서 송이는 안타까운 듯 속상해하는 표정을 지었다. 수희는 그런 송이를 보면서 송이가 상진이한테 혈육 같은 정을 느끼고 있다는 걸 알았다. 보육원 아이들은 서로에게 그런 감정을 느끼는 경우가 많으므로 수희는 그런 송이 감정을 특별한 것으로 받아들이지 않았다. 그런데 이번에 강릉으로 올 때 상진이와 같이 가고 싶다는 말을 전화로 했다. 상진이가 담임선생님 시계를 가지고 온 게 발각이 되었다는 것이다. 다행히 담임선생님은 그 일을 크게 확대하지 않아 대부분의 선생님은 모르고 있다 했다. 하지만 개학을 하면 어떻게 될지 모르겠다고 걱정했다. 송이와 상진이는 같은 학교에 다니고, 학교에서는 두 아이가 같은 보육원에 있다는 걸 알기 때문에 상진이 담임선생님이 송이를 불러 그 사실을 알렸다는 것이다. 야무지고 똑똑하고 사리가 밝을 뿐 아니라 공부도 잘하는 송이를 선생님들은 상진이 보호자쯤으로 여기고 있었다. 그래서 담임선생님은 보육원 원장한테 따로 알리지 않고 송이에게만 알리고 사건을 덮었다. 송이는 그 일로 혼자 고민하다 강릉으로 같이 데리고 가야겠다는 결심을 하고 수희에게 전화했다. 수희는 두 아이가 온다는 사실을 상지 보살에게 알리고 상진이에 대한 얘기도 간단히 드렸다. 송이는 상지 보살도 알고 있으므로 송이에 대한 얘기는 별도로 하지 않았다. 그런데 상지 보살은 마치 자신의 가슴속을 들여다보고 있는 듯 두 아이 고향 만드는 일을 기정사실화시켜 버렸다. 가족 만드는 일도 함께. 상지 보살의 급한 결정이 어리둥절해지기도 했지만 상지 보살이 그런 결정을 내릴 때는 그만한 이유가 있을 거라 생각했다. 그건 상지 보살에 대한 절대적인 신뢰였다.

  수희는 침대에 누워 상진이 얼굴을 떠올리고 있었다. 너무 양순해서 존재감을 전혀 드러내지 않는 아이, 그런 상진이가 나쁜 일인 줄을 알면서도 왜 남의 물건에 손을 대는지 알 수 없었다. 이런저런 생각을 두서없이 하고 있는 수희 머릿속에 퍼뜩 자신의 고등학교 때 모습이 떠올랐다. 고등학교 1학년 때 엄마가 돌아가시고 2학년 때 새엄마가 들어왔으니 수희가 새엄마를 맞은 건 상진이와는 비교도 안 될 만큼 한참 후의 일이었다. 그때 수희는 폭식을 해 평소 체중의 거의 배는 살이 쪄 있었다. 아무리 먹어도 허전하던 공복감, 오장육부가 텅 비어 있는 거 같아서 수희는 그 공복감을 채우기 위해 먹고 또 먹었었다. 그러다 고등학교를 졸업하던 해에 집을 나와 따로 자취를 하면서부터 그 공복감에서 풀려날 수 있었다. 옛날 자신의 모습을 떠올리던 수희는 두 손으로 얼굴을 가리고 흑! 하며 느껴 울었다. 상진아, 미안해. 내가 널 이해하지 못해서. 수희는 상진이가 옆에 있다면 무릎을 꿇고 용서

를 구하고 싶었다. 두서너 살밖에 안 된 아이가 겪었을 고독, 외로움, 고독이나 외로움이라는 단어는 두서너 살밖에 안 된 어린 생명에겐 어울리지 않지만 그 아이가 겪었을 감정은 그런 말로밖에는 표현할 수가 없다. 그 생각을 하자 수희는 가슴이 너무 아파 자리에서 일어나 앉았다. 그러면서 창밖을 바라보았다. 날이 언제 밝지? 빨리 밝았으면 좋겠는데. 수희는 상진이 엄마가 되어야 한다는 당위성을 뼈저리게 느끼고 있었다. 그동안 무뎠던 자신의 감정을 속죄하는 뜻에서도. 미안해, 상진아. 널 이해하지 못해서. 정말 미안해. 두서너 살밖에 안 된 어린 생명이 그 가혹한 감정을 이겨 내면서 지금까지 살아 있다는 게 고마웠다. 살아 있으려니 얼마나 힘들었을까? 그것도 보육원에서. 그런 생각을 하자 보육원 아이들에 대한 이해가 깊어졌다. 이해가 깊어졌다는 말은 사랑의 감정이 심화됐다는 말과 같았다. 아, 사랑의 심화가 이렇게 오는구나!

Humans do not die

제목 인간은 죽지 않는다 2*1
초판 1쇄 인쇄 및 발행 2025년 3월 1일

지은이 남지심

기획 정은선, 남정주
책임편집 전현서, 이종숙
편집 정소연, 김재우, 박윤희, 김태정, 이수빈, 정재홍
디자인 스튜디오 달사람 moonmanstudio@naver.com

펴낸이 정창득
펴낸곳 도서출판 얘기꾼
연락처 T_070.8880.8202 F_0505.361.9565
　　　　　E_batistaff@naver.com
주소 서울시 종로구 삼일대로 30길21, 1214호

ISBN 979-11-88487-23-3   04810
　　　　 979-11-88487-21-9   [세트]
출판등록 2013. 1. 28 [제300-2013-124호]

© 남지심 2025